LA COVRONNE
DE FLEVRS TISSVE
DANS LE PARTERRE DE
Themis, & des Muses du Parnasse
de Guyenne,

DEDIEE AV ROY.

SVR LE FRVICT PROVENANT DE
la demolition des villes & places occupées, ou enuiles
par les rebelles & ennemis de l'Estat.

a Jehan Phlb le caron Con Du Roy preuoj forain de comp

A BOVRDEAVS,
Par IACQVES MILLANGES, Imprimeur
ordinaire du Roy. 1624.

AV ROY.

SIRE,

Apres auoir
fidelement trauaillé depuis
l'an mil six cens vingt-vn,
&quasi continuellement,&
encor plus vtilement pour
leseruice de vostre Majesté

& foulagement de vos fu-
jećts, en la demolition des
murs, tours, portaus, ponts-
leuis, baftions, efperons, ca-
femates, foffez, & autres for-
tifications de vnze villes ou
Chafteaux de voftre Pro-
uince de Guyenne, que la
rebellion auoit pris en de-
poft, changé par la longue
tolerance de nos Roys pre-
deceffeurs de voftre Majefté, en pretendue proprieté

de ceux, qui de depofitaires
s'ē vouloiēt rēdre maiſtres,
& ſe diſans feruiteurs & fi-
deles ſujeᶜts de voſtre per-
ſonne, faiſoient iournellement des aᶜtes contraires à
leurs proteſtations verbal-
les, & les aᶜtions de fellons,
& ennemis coniurez de vo-
ſtre Eſtat & Monarchie;iay
creu eſtre du ſoin de celluy
qui faiᶜt profeſſion particu-
liere en la charge qu'il exer-

ce en voſtre Parlement de Bourdeaus, conſiſtant à ſou-ſtenir, & deffendre les iuſtes droits & poſſeſsions du domaine de voſtre Cou-ronne, & les priuileges de voſtre Eſtat Monarchique, & de voſtre ſouueraineté, contre la hardieſſe de ceux qui l'oſent vſurper & ſe l'at-tribuer à voſtre preiudi-ce, de laiſſer à la poſterité non ſeulement les marques

de voſtre main & Iuſtice
Royale, empreintes ſur les
pierres, & ſur les plaines, &
les montaignes de ces onze
places de preſent ouuertes
aux armes, & à la Iuſtice de
voſtre Majeſté, comme ta-
bleaux muets, & plattes
peinteures des grands trauaux, que les ennemis de
voſtre Eſtat ont procuré à
voſtre Majeſté, luy don-
nans à la fleur de ſon aage,

des obiets, fubjets & exerci-
ces d'vne iufte cholere peu
aggreables à vn bon Prin-
ce, & des volontez de cha-
ftier par la rigueur de fes armes fes enfans difcoles &
prodigues en infidelité &
defobeiffance, enfans qui
l'ont côtraint comme Pere
irrité par leur opiniaftre
desbauche & defpence ex-
cefsiue au mal, à prendre les
verges en la main, & s'en

faire

faire croire contre eux; mais aufsi ay-ie creu eftre de mon deuoir d'en dóner l'explication, qui eft la peinture parlante, & le fens moral, à ceux qui nous furuiuront, & ne fçauront ce que voftre Majefté a fait, que par le rapport des hiftoires & des efcrits, qui graueront les exploits de voftre Majefté aux fiecles aduenir dans les marbres & bronzes de l'e-

B

ternité , & en la memoire
des esprits sçauans & cu-
rieux. Et d'autant que ie ne
dois aduoüer mon petit tra-
uail & celuy des gens do-
ctes qui m'ont surmonté en
cest exercice, à vn meilleur
ny plus grand maistre, qu'à
celuy qui en a donné la matiere, & qu'il n'appartient
qu'à Appelles de peindre
le grand Alexandre par sa
permissió; de mesme crois-

je qu'il n'eſt ſeant à vn homme de ma vacation de rap-
porter ce que voſtre Majeſté m'a commandé de faire,
& ce que i'ay executé, qu'en
ſa preſence & ſous ſon adueu, duquel i'implore la faueur & protection par l'offre que ie luy fais d'vne couronne de quelques gẽtilles
fleurs, partie cueillies dans
le parterre de voſtre Themis, à l'ombre des verdoyãs

lauriers , & oliuiers qui y
font plantez, & partie dans
les iardins des Mufes qui
habitent le Parnaffe de voftre Guyenne, lefquelles à
l'enuy de Themis ont orné
& diapré cefte Couronne
de fleurs, de diuers autres
bouquets & tortis , lef-
quels eftans flairez par voftre Majefté communique-
ront plus volontiers leur
odeur à ceux qui ietteront

les yeux deſſus. Que ſi voſtre Majeſté agrée que les
petites perles qui ſont en-
laſſées auec ces fleurs, tant
en l'vne qu'en l'autre lan-
gue, pour eſpandre & ho-
norer, autant dans les pays
eſtrangers, que dans l'eſten-
due de voſtre Royaume,
floriſſant ſur tous ceux de la
terre habitable, les ſouëfues
odeurs de vos laborieuſes
victoires, qui nous ont ac-

B   3

quis la paix que Dieu nous
a donnée par vos penibles
entreprifes , puiffent re-
creer vos yeux & voftre
veuë : ce nous fera faire
cognoiftre que voftre Ma-
jefté prend à gré l'offrande
d'vne gouttelette d'eau ve-
nant de la main pauure d'vn
fujeɕt affeɕtionné à fon fer-
uice , aufsi volontiers , que
les lames d'efpée enrichies
& garnies de diamans &

pierres precieuſes preſen-
tées à voſtre Majeſté par
vn grand Seigneur hom-
mager de voſtre Couron-
ne , qui euſt tranſporté en
voſtre Cour ces riches & ſu-
perbes pierreries des ports
& riuages d'Orient ou de
l'Occident; & qu'il fait bon
faire ſacrifice d'odeurs, de
bauſmes , & d'encens aux
Roys, comme à Dieu, qui
regarde pluſtoſt le cœur de

l'offrant, que la valeur de
l'offrande , cœur qui fera
toufiours viuant & mou-
rant,

SIRE,

D'vn tres-humble,tres-obeyffant,tres-
fidele, & tres-affectionné feruiteur
& fujeēt de voftre Majefté.

De Bourdeaus ce 1. de
Mars 1624.

DVSAVLT.

CHRISTIANISSIMO

GALLIARVM ET NAVARRÆ

Regi LVDOVICO XIII. Iusto, Inuicto,

Triumphatori, semper Augusto,

OBLATA A THEMIDE CORONA

varijs contexta floribus,

PER M^{rum}. IOANNEM OLIVARIVM

DVSAVLT suum in sacro ac Augustiori Confes-

su Consiliarium, ac in supremo Burdigalensi

Senatu Generalem Patronum.

In Trophæum Rebellionis expugnatæ,

Necnon vrbibus Arcibúsque spoliatæ.

 EX inuicte, tuos dum cernit Musa labo-
res;

Tótque hostes dextrâ procubuisse tuâ.

Tam iusto luget sub Principe iura silere,

Séque Themis viduam Pallade mœsta dolet.

Mœsta dolet solam tentare pericla Mineruam,

Et vana in tristi vota iacére foro.

Sed dum inter medias equitum peditúmque phalanges

Sensit victrices insula Ria manus,

Dumque suis tecum ludens Neptunus in vndis

C

Cœruleas tibi mox cedere fecit aquas.
Iuſtus dumque tuas gladius tibi vendicat vrbes
    Queîs armata ſuas hærefis auxit opes.
Quas & in horrendas audax erexerat arces
    Regali vt proauos pelleret è ſolio:
Impatiens hæc monſtra ſuis ſuccreſcere in oris,
    Vniúſque, caput, cæde, redire nouum
Hydræ inſtar,vario, quæ cæſa repullulat angue,
    Continuâque alios ſeditione parat.
Præcipis hoſtiles ferro difrumpere muros
    Vulpem & terrenis eijciam latebris.
Dextera mox ceditRegalibus impigra iuſſis
    Neſcia,ſub vigili principe,velle moras.
Scilicet armato Ioue, conſcius otia ducam?
    Et iaceam,vigiles quando agit excubias?
Vires neſcia mens ſceleratis parcere, ſumit
    A duce magnanimo, diſtrahitúrque foro.
Armari mox,Rege iubet ſub vindice, iura,
    Et medio profert arma togata foro.
Vidit vt hoſtiles Aquitano in littore muros,
    Suſpexítque altis mœnia ſepta iugis,
Et foſſas foſſis,valla & circumdata vallis,
    Et montes alijs montibus impoſitos:
Plebeias ad iura manus armata laceſſit,
    Vulcanum ad Regis iura tuenda vocat.
Fumoſíſque ciet nudos Cyclopes ab antris,
    Et Brontem & Steropem ſumere tela iubet.
Ecce adſunt;muros ſubeunt, murífque minantur,
    Et plebs multa altis incubat aggeribus.
Murorum magnas videas decreſcere moles,
    Et videas turres ima ſubire loca,
Aggeribúſque altis æquari plana viarum,

Mœniáque vt rupes rupta iacere solo.
Subditur his pálus, modò puluis subditur illis,
    Et mox suppositis ignibus vrget opus,
Vrget opus celeri Turni præsentia dextrâ,
    Et sibi iusta animos suggerit ira nouos.
Vndenæ cecidere arces, Castezia prima est,
    Vrbs simili primam Néra secuta gradu.
Mons Capreus subijt Neraci exempla, nec alto
    Iustini vrbs ausa est stare supercilio.
Mons Millus, puteus Gontaldi nomine, castrum
    Orosij, parili succubuere manu.
Arx tenebrosa, fugans tenebras, tibi reddita Clara Arx,
    Vixque iugum potuit Tonna superba pati.
Restabat Calmontis opus, quod verterat in se
    Sperantum pronos in noua fata animos;
Fronsiacæ sperata arcis possessio dudum,
    Augebat faciles in noua bella animos.
Sed Calmontanæ molis properata ruina
    Fronsiacæque arcis tecta sepulta solo,
Continuere animos, clauum fixere, pedémque
    Dimouere loco; militis arma vacant.
Sic Pallas Themidi, sic iuncta est laurus oliuæ,
    Mutantur placidis spicula vomeribus.
Seditióque inuita iacet, securus aratro
    Bos premitur, sacris reddita tela Tholis.
Littora mercator gaudens Aquitana frequentat,
    Nec Rupellæâ seditione tremit.
Non timet hostilis iuncta vndique Carbasa classis,
    Non timet audaces in sacra iura manus.
Flumina sunt multis nunc peruia nauibus, vndas
    Nunc impune tuas Gallica puppis arat.
Non eques agricolam tectis campestribus arcet,

Amplius haud, vifo milite, virgo pauet.

Nunc variis ornant Mufæ viridaria plantis,
  Sepofito armorum militiæque metu.

Nunc teneris curant albentia lilia dextris,
  Quæ flore inferto verficolore, nitent

Exul & in terras pax cœlo deuolat alto,
  Deque fero, ciuem, protinus hofte facit.

Hæc bona, Iufte, tuis, Rex, Gallia grata, triumphis,
  Hæc curis debet terra Aquitana tuis.

Poft exantlatos tot, per fera tela, labores,
  Poft tot victrici parta trophæa manu;

Si viridi Pallas decorat tua tempora lauro,
  Quid vetat ex oleâ nectere ferta Themin?

Et violas mifcere rofis, tulipífque hyacintos
  Eft animus Themidi, Rex Lodoice, tuæ.

Eft animus, croceis fulgentia lilia filis
  Præuia ferre folo, præuia ferre polo.

Et placet in fupero diademate lilia necti,
  E cœlo, ancili, lilia fculpta, tuo.

Lilia præ reliquis tanto fulgentia fceptris,
  Quanto præ reliquis floribus alba micant.

Texuit hanc vario decoratam flore coronam,
  Sítque, rogat, capiti femper odora tuo.

Aptauítque tuæ diademata gemmea fronti,
  Temporibúfque, optat, fint diuturna tuis.

VTERE FRVERE.

AV ROY.

SIRE, permets, que celuy qui desire
En te seruant accroistre ton Empire
Sur les mutins, & qui s'estime heureux
Si seulement tu escoute ses vœux :
D'vn humble vers, & sans grand artifice
Auec son cœur te vouë son seruice
Pour asseurer ta Royalle grandeur
Qu'il n'a rien eu si cher que ton honneur.

    Aussi veut Dieu que ses belles images
Qu'il a des Roys imprimé aux visages
Trouuent des cœurs loyalement sujects
Pour mettre à fin leurs celestes proiects.

    Le clair flambeau de sa belle lumiere
Monstre, qu'apres la Majeste premiere
Qui a tout faict, qu'il ne faut rien cherir
Autant que toy, nous falut-il mourir.

    Qui obeit à la voix de son Prince
Soit au dedans, soit dehors la Prouince,
Il obeit à celuy qui des Cieux
A l'œil pointé sur les Roys glorieux,

    Au Pere sainct de ces machines rondes
Qu'on voit rouler sur la terre & les ondes,
Qui a tousiours auec toy combattu
Pour honorer ta Royalle vertu.

    C'est luy qui a empraint dans ma poitrine
De te seruir, vne flamme diuine,
Qui m'a donné vn courage indomté

Pour accomplir ta iuſte volonté.

Qui me rendant toute peine agreable
Pour t'obeir, m'a auſſi faict capable
De ſouffrir tout, & ſouffrir le vouloir
Pour faire mieux honorer ton pouuoir:

Des qu'il te pleut me commander d'abbatre
Les forts rempars d'vn peuple acariaſtre
Et obſtiné à ne voir le beau iour
D'vn Ciel ſerain en ce Gaulois ſeiour.

Ie n'eux en moy, ny artere, ny veine
Qui ne voulut auoir part à la peine.
O qu'il faict bon, diſois-je, le ſeruir
Ce iuſte Roy? & luy voir aſſeruir

Tous ces mutins, qui dedans leurs terraces
Vont rempliſſant le pays de menaces!
O qu'il faict bon voir tous ſes ennemis
Entierement à ſon ſceptre ſoubſmis!

Incontinent ie m'en vay à grand erre
Faire gronder ton foudroyant tonnerre,
Et me ſeruir de ton authorité
Contre les murs d'vn peuple deſpité.

Il me ſembloit, que l'amour qui mon ame
Alloit bruſlant de ta Royalle flame
Chaſſeroit loing de ces cœurs tenebreux
Encontre moy tout deſſein mal'heureux.

Elle ne peut, mais ſa lueur celeſte
M'ayant faict voir l'entrepriſe funeſte
De ces mutins, ſauua ton ſeruiteur,
Qui pour abri n'auoit que ta hauteur.

Il meſpriſa qu'on s'en priſt à ſa vie,
Qu'on mit le feu dedans ſa metairie,
Qu'on menaçaſt, qu'on voulut faire peur,

A qui ne craint que ta iuſte douleur :

C'eſtoit en vain, car pluſtoſt mille vies
M'euſſent eſté, & mille ames rauies,
Que de manquer à abbatre les murs
Qui n'ont aſſez reueré tes honneurs.

Que de manquer à venger ton iniure,
Et de n'oſter à ceſte gent pariure
Ce qui luy a fait faire tant de maux,
Et a cauſé tant de triſtes trauaux :

Donc, nonobſtant les embuſches cruelles
Et trahiſons de ces peuples rebelles
Tout eſt à bas, & ton auguſte nom
En eſt loüé & rempli de renom.

Il n'y a plus dans toute l'Aquitaine
Ny tour, ny fort, qui puiſſe donner peine,
On les a tous par ton commandement
Bouleuerſez iuſques au fondement.

On te beniſt d'auoir pris la defence
Des affligez, & oſté à la France
Le grand peril qui l'alloit menaſſant :
Nous t'appelons noſtre Alcide puiſſant;

Grand aux côbats, courageux aux alarmes
Hardi au choc, inuincible en tes armes,
Grand Prince en tout, qu'Europe honorera
Pour tes beaux faicts, tant qu'elle durera.

La France à Dieu voüera des offrandes
Pour obtenir tes Royales demandes;
La Guyenne auſſi ornera ſes Autels,
Pour t'acquerir des honneurs immortels.

Pren cependant de ta main fauorable
(Auguſte Roy, & ſur tous equitable)
Ces petits vers, teſmoins de la grandeur
D'vn fort deſir qui me bruſle le cœur :

Defir que i'ay (mon Prince) de te plaire
Et à ta voix pleinement fatisfaire,
Defir qui fait que mon heur eft en toy
Et mon plaifir, d'obeyr à ta loy.

 Reçoy ce los , & pren ferme affeurance
Que ie te veux eftre à toute occurrence,
Comme ie dois , feruiteur tres-loyal,
Refpectueux, fyncere , cordial.

 Car en feruant ta Majefté fupreme,
Ie crois feruir la diuinité mefme,
Qui de nos Rois veut que nous facions cas,
Obeyffants iufqu'à noftre trefpas.

 Ayant efté choifi ton Commmiffaire
Pour des mutins les murailles deffaire,
Ie t'ay voüé en la commiffion
Qui m'honoroit, nouuelle affection.

 Et ne cherchant en tout que ta loüange,
I'ay commandé viftement à Millange
Qu'il imprimaft ce qu'on penfe de toy,
Honneur des Roys & bouclier de la foy.

 Et i'ay penfé que comme la victime
Petite en foy , n'eftoit point hors d'eftime
Deuant l'Autel ; ta Royale bonté
Feroit ainfi que la diuinité.

 En l'efperant, grand L O V Y S, ie fupplie
Cil, deuant qui tout l'Olympe fe plie,
De te donner tous les contentemens
Que tu voudras, en tes commandemens:

 De te donner vne heureufe victoire ,
Vn los diuin, vne eternelle gloire :
Et que ie puiffe auant que de mourir
En te feruant, ta faueur acquerir.

STANCES

STANCES

AV ROY

SVR LE SVBIECT
DE LA PAIX.

Par le P. Iean Oliue Prestre de la Compagnie de I E S V S.

ENFIN ce bras fatal qui gouuerne la France,
 Comme vne nef qui vogue à la mercy des flots,
 Ayant des factieux rompu tous les complots,
 Il luy donne le calme outre toute esperance.
Ce grand Roy, dont le nom atterre les rebelles,
 Qui dans le champ de Mars moissonnoit des Lauriers,
 Moissonne maintenant par ses exploits guerriers
 Dans le champ de Pallas des coronnes plus belles.
Car si bien le Laurier a la couleur plus viue
 Que n'a pas l'Oliuier, il est pourtant sans fruit,
 Dont il faut aduoüier, que l'honneur qu'il poursuit,
 Ne peut estre donné iustement qu'à l'Oliue.
Aussi quoy que la guerre apporte de la gloire
 A ceux qui courageux se portent aux hazards :
 Toutesfois sans la paix, fussent-ils des Cesars,
 Ils ne pourroient iouyr des fruicts de la victoire.
Le Laurier glorieux se mocque de la foudre
 Qui fait trembler d'effroy les chesnes orgueilleux,
 Qui menaçant le ciel de leur front sourcilleux
 Se voyent tout soudain renuersez sur la poudre.
Vous estes, ô grand Roy, la foudre de la guerre,
 A qui monts ne rochers ne peuuent resister :

D

Il faut que tout vous cede, afin de fubfifter,
Ou qu'il s'aille muffer cent toifes dans la terre.
Sainct Iean qui le premier, comme le plus volage
Ofa fe prefenter, pour arrefter vos pas,
Soudain qu'il vous vid fondre, apprint qu'il ne faut pas
Se mocquer des maftins eftant pres du village.
Il a fi bien fenti l'efclat de voftre foudre,
Qu'il ne leuera plus les cornes vers les Cieux :
Que s'il a par orgueil porté trop haut fes yeux,
Vous auez par raifon mis fes murs fous la poudre.
Clairac qui vous auoit oppofé fes murailles
Et fes forts bouleuarts, pour rompre voftre effort,
Voyant fes murs à bas, confeffe qu'il eut tort,
Et qu'il deuoit pluftoft s'entr'ouurir les entrailles.
Auffi pour tefmoigner qu'il fera plus fidelle,
Il ne veut plus ny murs, ny foffez, ny rempars,
Ainçois que le clair iour entre de toutes pars,
Pour porter iuftement le nom dont on l'appelle.
Nerac qui fe targoit d'vne iufte deffenfe,
Pour repouffer le bras de voftre Mars Lorrain,
A veu que violer la loy du fouuerain,
C'eftoit forcer le ciel de vanger fon offenfe.
Auffi pour expier cefte faute commife,
Vous l'auez defpoüillé de tous fes beaux attours,
De la Chambre, des murs, & de fes fortes Tours,
Le laiffant comm'vn gueux qui n'a que la chemife.
Mon'heur qui s'attendoit de voir que la fortune
Viendroit de fon cofté, pour deffendre fon heur,
A recogneu qu'en vain on l'appelle Mon'heur,
Puis qu'il ne cheut iamais en plus grand' infortune.
Car il fe void reduit en vn fi piteux eftre,
Qu'il fait aux plus hardis dreffer tous les cheueux,

Les contraignant enfin de dire à leurs neueux,
Qu'en tel danger se met qui se iouë à son maistre.
Celuy qui s'est perdu, pour croire son courage
Pressé du repentir blaspheme sa valeur,
Disant plein de regret, Mon'heur est mon mal'heur:
Mais dy mieux: c'est mon heurt qui cause mó naufrage.
Car pour auoir heurté l'auctorité supreme,
Tu te vois gemissant sous la calamité:
Aussi le mal qui vient à quelque extremité,
Ne peut estre guery que par vn autre extreme.
Pour Tonneins qui deuoit par droict de voisinage
Auoir fait son profit de cet embrasement,
Maintenant qu'il se void sous l'entier rasement,
Il paye les apports de son libertinage.
Ces superbes maisons, dont il faisoit la monstre,
Qui seruirent adonc à plusieurs de tombeaux,
Seruiront maintenant de retraicte aux corbeaux,
Et pour faire qu'au doigt en passant on le monstre.
Caumont qui se vantoit, cependant qu'il complote,
De prendre le chasteau par vn trou sousterrain,
Apprit à ses despens du grand Prince Lorrain,
Qu'il faut compter deux fois, quand on compte sans
l'hoste.
Et parce que l'on craint qu'vn iour il ne retourne
S'eleuer contre vous, se voyant en lieu haut;
SIRE, si vous voulez laisser faire à Dusault,
Il empeschera bien que la teste luy tourne.
Sainct Antonin croyoit que traffiquant en prunes,
On peut vous faire teste, & vous donner la loy:
Mais il a bien appris, que les prunes de Roy
Et de sainct Antonin ne sont pas toutes vnes.
Ces arbres dont l'aspect les factieux estonne,

D   2

S'eſtans monſtrez chargez à la fin du Printemps,
Nous ont ils pas fait voir,qu'vn Roy iuſte en tout temps
Nous peut faire iouyr de la ſaiſon d'Automne?
Ores donc, ô grand Roy, que tout vous eſt propice,
Faiƈtes enter par tout pluſieurs de ces ſions,
Afin que vous faſſiez ceſſer les faƈtions,
En leur faiſant gouſter les fruiƈts de la Iuſtice.
Montpelier qui croyoit en fait de fortereſſe
Contre voſtr' oſt puiſſant eſtre vn mont Pelion,
A maudit les Autheurs de la Rebellion,
Qui luy firent ſentir voſtre main vengereſſe.
Ie veux bien qu'il ſe vante, & qu'en morgant il die,
Qu'il a nourri chez ſoy les Medecins du Roy;
Mais il eſt maintenant en vn tel deſarroy,
Qu'il ne ſçauroit guerir de ceſte maladie.
Caſtres, Niſmes, Vſez, Montauban, la Rochelle,
Et quelques autres lieux qui reſtoient à dompter,
Ont apprins qu'il vaut mieux s'abbaiſſer que monter,
Et ſe tenir au bas qu'au plus haut de l'eſchelle.
En fin, grand Conquerant, il n'eſt rien ſur la terre,
Qui ne cede au carreau de vos deux bras guerriers,
Rien qui n'aille cherchant l'ombre de vos Lauriers,
Pour ſe mettre à couuert contre voſtre tonnerre.
Allez donc triomphant apres tant de viƈtoires,
Iouyſſant doucement du fruiƈt de vos exploits,
Tandis que vos ſujeƈts ſe rangent ſous vos lois,
Et que le monde bruit au ſon de vos hiſtoires.
Vous auez en vn mois ſubiugué plus de villes,
Qu'vn autre en pluſieurs ans n'eut forcé de chaſteaus:
Il eſt temps de changer en coutres les couſteaux,
Ayant coupé la teſte à ces hydres ciuiles.
Si Mars de ſes Lauriers, qu'auec ſoin il cultiue,

A fait vne moiſſon, pour vous en couronner,
Permettez que Pallas vous puiſſe enuironner
D'vn glorieux tortis tiſſu de ſon Oliue.
Ayant fait l'argument d'vne Iliade entiere,
Donnez aux Eſcriuains qui briguent ces emploits,
Le loiſir de coucher au long ces beaux exploits:
Car ils ont plus beſoin de temps que de matiere.

VIVE ET VINCE.

IN CALMONTANÆ ARCIS ET VRBIS
ruinam : Eiuſdem vrbis & arcis euerſor.

QVi Calmontanam quondam ſuſpexeris arcem,
  Et calidi montis grande ſupercilium :
Qui quadriturritum duplicato fornice caſtrum
  Plus latuiſſe ſolo, quàm patuiſſe polo ;
Qui montem miratus eras, vt Pelion Oſſæ,
  Septenis alijs montibus impoſitum ;
Quique flagellantem merces hinc Arcilimontem
  In tua ferri auidam viſcera ferre aciem ;
Qui Cereris bona vaſtantem, Bacchíque liquorem
  Mergentem medijs, ni ſaturetur, aquis
Fugiſti dudum vt ſcopulum, è ſcopulóque gygantem
  Vibrantem in puppim naufraga tela tuam,
Ni manus argenti fœcunda, auríque, rapacem
  Impleat, ac ſatiet prodiga dextra famem,
Siſte tuum mercator iter ; depone timorem,
  Troianǽque arcis mœnia rupta vide.
Non hoſti vlterius noua vectigalia ſolues,
  Crudelis tellus non erit illa tibi :
Non vltrâ fugies littus, mercator, auarum ;

Antrum hoc χρυσοφάρος bellua deferuit.

Multâ merce graues in flumen conijce puppes,
   Pérque Garumnæ vndas libera nauis eat.

Hoc debes Regis Lodoici, grate, triumphis,
   Herculeus Regi eft debitus ille labor :

Qui Calmontanam non folùm diruit arcem,
   Sed Calmontanæ tranftulit vrbis opus ;

Tranftulit vrbis opes, habitacula tranftulit imas
   In montis plateas, ínque pedes apicem.

Non Calmontis opes, non iam mirabere turres,
   Non celfi montis grande fupercilium.

Nil caftri fupereft, nifi grandis & alta ruina,
   Omnia quæ plano reddidit æqua folo.

Vrbs domibus deferta iacet, fpoliatáque muris,
   Totáque in aggeribus terrea planities.

Libera per rapidum refluunt impunè Garumnam
   Nauigia, & faciunt nunc fibi tuta viam.

Famofi fic eft oblita Rebellio montis,
   Deferere hoftelæ mons quia vifus opem.

Vrbis at vna tamen manfit nota, quæ caput hoftis
   Furca rebellantis vindice lege fecat.

IN ADVENAM ET INCOLAM
Fronfiacæ arcis ruinam deplorantem.

Eiufdem euerfor.

QVæris Fronfiacam quare Rex diruat arcem
   Funditùs, ac imis forfan adæquet aquis ?
Aduena fi tranfis, mirari define ; vel tu
   Incola fi plangis, define ; cæculus es.

Arcilimons effrons montis radice fub altâ
  Siftere fecit aquas, fiftere nauigia.
Carolus hanc dudum Magnus conftruxerat arcem,
  Hoftem de regno pelleret vt medio.
Hanc Iuftus juftè Lodoicus deftruit, hoftem
  Vt terris intus pellat, & extus aquis.
Siftere fecit aquas, naues, lintréfque, fub imis
  Fronfiaci montis rupibus Arcilimons;
Arcilimontani capitis ceruice refectâ,
  Rex iubet in montis vertice terra fluat.
A facie montis ftetit vnda fub Arcilimonte,
  A facie Regis, mons velut vnda, fluit.

IN TITVLVM ARCILIMONTANI
nominis veteri tumulo lapideo priori Fronfiacæ arcis portæ appenfo infculptum.

Eiufdem euerfor.

HERCVLES DE ARSILEMONT GOVVERNEVR
  de Fronfac & Caumont m'a fait faire l'année
  du defordre. 1620.

SArcophago Arcilimons titulos infcripferat alto,
  E facro eijciens offa fepulta folo.
Fronfiacæque arcis fculpens fua nomina portæ
  Ibat poftponens nomina facra fuis.
Nam priuata arci fufpendens vela, ducífque
  Et Regis velis, hæc fua, prætulerat.
Arcilimons, referente petrâ, me condidit anno,
  Quo gemit inuerfum Gallicus ordo modum.
Scilicet hoc capiti indulfit fortuna fuperbo,

Impatiens dominos vnica ferre duos?
Ferre duos nescit dominos fortuna, nec ipsa
Addicunt binis iura domum dominis.
Sors ideò legésque simul seruile dedêre
Deuotum furcis, carnificíque caput.
Arcilimontani capitis sic nomen & omen
Exitium vitæ triste tulêre suæ.

IN EVNDEM TITVLVM, ALIVD
Epigramma, eiusdem Authoris.

SArcophago Arcilimons nomen suspendit in arce
   Fronsiacâ, æternum reddere nomen auens.
Sed mens ipsa mali retulit præsaga futuri
   Funestum appensi nominis augurium.
Arcilimontanum portæ suspendere nomen,
   Suspensum indixit mox fore triste caput.

IN FRONSIACÆ TVRRIS, HOROLOGII
nuncupatæ, proximam ruinam fugientis, repentinam
erectionem: necnon in caput Arcilimontis furtim
è turri Liburnensi ereptum, & in oratorio
Fronsiaci castri reconditum.

Eiusdem turris euersor.

FRonsiacæ ferro didicére resistere turres
   Oblitæ Regis flectere colla iugo.
Altera nunc cuneos, aciem nunc altera ferri
   Expertâ patitur, sub iuga missa, manu:

Sed

Sed dum speratur domino mitescere ferro
    Quælibet, & montis currere lapsa vias:
Semisopita animos reuocat, ruitura resurgit,
    Inque pedes apicem vertere quæque negat.
Vna inter reliquas altæ velut insita rupi,
    Et ferrum, & flammas negligit appositas.
Aduentasse dolet summam sibi comminus horam
    Horarum turris, nescia velle mori.
Non ignis Graius, non tormentarius illi
    Puluis obest, fabrûm non nocuêre manus.
Semisepulta redit tumulo, rediuiuáque mole
    Stare suâ tentat, sic redit ítque ruens.
Nititur ínque suum glaciem Boreámque vocare
    Auxilium, superos ac Acheronta mouens:
Sed frustra: Boreas Regi glaciésque fauebunt,
    Ad Regis motum, cuncta mouente Deo,
Machina cui mundi est digitis suspensa duobus,
    Cuius ventorum sustinet ala pedes.
Non fauet Altitonans turri muróque rebelli,
    Si nequeam ferro, fulmine te quatiet.
Arcilimontem olim turres vidêre tyrannum,
    Atque ignoti hominis sustìnuêre iugum.
Arcilimontanis assuetæ passibus vti
    Venturum iactant in sua iura Iouem,
Atque audent spolijs terrâ pelagóque paratis
    In Regnum grandes sollicitare minas.
Sed versa est fortuna loci, tellúsque vetusti
    Non renuit domini Regia iussa sequi.
Instrumentalis, non te custodiet, hora,
    Custodem cursus solis, & indicij.
Arcilimontis apex vi sub iuga Regia missus
    Monstrauit similem montis in ima viam.

E

Arcilimontanum ferro in tua viscera missum
   Quæ tegit ignoto terra caput tumulo,
Terra tuos, duro quatienti viscera ferro,
   Illa tegens apices, deteget illa pedes.
Sic inuita tuam merito patiêre ruinam
   Submittens Regi colla superba tuo.
Sic Deus humanas cœlo res conspicit alto,
   Sícque venit tardo pœna seuera pede.
Sic Iustus scelerum Rex vltor, Numen adorans,
   Non homini didicit parcere, non lapidi.
Dignus homo, dignus lapis, hâc quoque vindice pœnâ,
   Hic sceleri causam præbuit, ille manum.
Te similis, ni pœniteat te lædere Regem,
   Vrbs, sequitur lento, Rupea, pœna gradu.

AD REGIVM AC SVPREMVM

BVRDEGALENSEM SENATVM,

quòd à Chriſtianiſſimo LVDOVICO XIII. Galliarum & Nauarræ Rege inuicto triumphatore ſemper Auguſto ambarum arcium Fronſiacæ & Calmontanæ euerſionem expoſtulârit ac impetrârit.

ELOGIVM.

A Mᵒ. IOANNE OLIVARIO DVSAVLT in Auguſtiori Regis conſeſſu ac in eodem Burdigalenſi ſenatu Regio Conſiliario & Generali Patrono obſequentiſſimo.

ELoquar, an Sileam? dic Regia Muſa; coronam
    Quæ Regali aptas florilegam capiti.
Regia cæſaries, & Regia iura, corona
    Regia, Regiloquum num ferient animum?
Et ferient, & agent in Regia iura tuenda,
    Nec timet hoſtiles Regia lingua faces.
Regia cauſa, Deo vel Iudice, vel Duce, ſalua eſt;
    Regia, Regali Iudice, cauſa potens.
Quid toga purpureo prodeſt in murice tincta?
    Quid Comitum capiti iuncta corona tuo?
Regia nî ſacræ tuearis Iura coronæ?
    Nonne tuum moueant Stemmata iuncta decus?
Par tibi cum Regno cauſa eſt; Regnique decorem
    Et tua iura ſimul, ſuſtinet æqua manus.
Quid Regni cunctas percurrere profuit vrbes?
    Belli & tormentis, mœnia multa quati?
Profuit aut Regi, vibranti fulmina dextrâ,
    Arma Rebellantum vindice Marte ſequi?

ã

Semina, nî belli, pereant infida, Rebellis?
  Cesset & hostilis causa furoris agi?
Apta erit hæc nostræ, si vis, medicina saluti,
  Et fido Regem si colis obsequio.
Posce, age; victori, Sorte auspice, consule Regi:
  Vtere præsenti Sorte; benigna fauet.
Offer opes patrias, fidum quoque subde sodalem;
  Qui sciat atque velit Regia iussa sequi.
Vnus homo quondam Romanam restituit rem
  Cunctando: at Gallis hæc mora longa nocet.
Inter Aquitanos, omnis cunctatio longa est:
  Consule: sed postquam consulis; vrget opus:
Vnus homo nostram properando restituet rem,
  Vna hominis prompto sit manus auxilio.
Rege iubente, nouem, promptis, cecidere, ruinis
  Arces: sed, restant quæ duo castra, vide.
Hi duo subuertent Aquitanica littora colles,
  Nî Rex celsa iubet vertere saxa solo.
Quàm benè pro multo libertas venditur auro!
  Défer opes patrias; & tibi quære virum.
Impetrat à Iusto hanc, magnâ mercede, ruinam
  Curia, venturi præscia facta mali.
Rex iubet hoc Iustus, dum iustè hoc Curia poscit;
  Hoc prompto exequitur Regia dextra viro.
Libertas, magnâ, tibi sit, mercede, redempta,
  Burdegala! hoc nolles munere serua fore:
Subtractos igitur si montes hostis vtrosque
  Et Calmontanos fronsiacosque dolet:
Æquatosque solo gaudens Aquitania colles,
  Sublatum hoc Regi, Grata, rependit onus;
Magnam laudis habes poscendo, Curia, partem;
  Præfuit & tali, qui prior, arbitrio.

Et mihi de veſtro non parua eſt gloria lectum
   Ordine, tam magnis vſibus eſſe habilem.
Si Rex decreuit iuſtè; ſi res benè ceſſit;
   Authricem tanti, Te uoco, conſilij.
Si priùs à vobis electum, Rex geminatis
   Comprobat indicijs, iudiciſ́que probat:
Si Deus & velle, & mentem dedit, & mihi vires;
   Quæſita, in patrium, ſi bona, verſa bonum:
Hinc Regi debet magnas Aquitania grates,
   Hinc magnas vobis Terra Aquitana refert.
At, Quòd veſtra in me ſuffragia, Rege iubente
   Muneris iniuncti, Cauſa fuere, Mihi.
Non veſtri oblita, hæc, Regalis Muſa, dicauit;
   Hæc veſtro appendit munera grata Tholo.
Et fore ſe veſtram, per ſæcula multa, fatetur,
   Vſibus & veſtris obuia ſemper erit.

REGI CHRISTIANISSIMO GENEROSIS-
ſimo, ac Regio ſenatui Burdegalenſi Regiæ dignitatis
obſeruantſſimo, in Recuperatæ libertatis ſignum.

AQVITANIA D. D. DEDICAT AVTHORE
   M. Franciſco Roſſignolio ſacræ Theologiæ Auditore.

PRædicet impauidos Romana potentia Ciues,
   Qui Patriæ ſtudio concupiere mori.
Tres fuerint Decij, tot Horatia miſerit vxor,
   Vnde fuit populo, funere, parta ſalus.
Irruerit medios Codrus moriturus in hoſtes,
   Et, nece, ſit Patriæ, vita parata ſuæ.
Herculeos iactent Vatum figmenta labores:
   Græciaque inuictum tollat in aſtra Ducem.

Dum tamen à Iuſto partam mihi Rege ſalutem,
  Tantaque tam iuueni ſentio facta duce:
Auguror (& noſtrum firmet Deus Optimus omen!)
  Hunc fore, præ reliquis omnibus, eximium.
Auguror? immò tibi Iamiam, Lodoïce, fatentur
  Deberi primas, qui retulere priùs.
Nam tu plura vno vertiſti mœnia menſe,
  Vertere ſexcentis quàm potuere alij.
Et, ſi maior agi, donanti munera, debet
  Gratia; quò dantem plus meruiſſe liquet:
Maiores, Lodoïce, tibi per ſæcula grates
  Debeo, qui ſoluis nunc mea corda metu.
Qui, propè Sublato noſtrâ de fronte timore,
  Libertate frui nobiliore facis.
Qui mihi cuncta refers, fuerant quæ nuper adempta;
  Quique meum decoras Pacis honore ſolum.
Inde Dijs pia vota fero, quò Neſtoris annos
  Ducere cum ſummâ proſperitate queas.
Tu quoque, quæ à Iuſto, Regalis Curia, Rege
  Obtinuiſti altis vellere caſtra iugis:
Soluo tibi æternas humili de pectore grates;
  Meque tibi addictam ſemper adeſſe puta.
Te quoque, qui tantas; Saltane, abruperis arces,
  Cantabo, & votis proſequar vſque meis.

ODA I.

ODA PRIMA

DE REGIS EXPEDITIONE

FOELICISSIMA, AC EIVSDEM

auſpicijs perfecta inexpugnabilium rebellantis
populi arcium exactiſſima ac diligen-
tiſſima euerſione.

AVTHORE MAGISTRO PETRO DAVLBEROCHE
Rhetorices Profeſſore in Collegio Burdigalenſi Soc. IESV.

IVſtum & colentem numina Principem
 Qui ſeruat aras, iuráque Cœlitum,
 Et quærit æternos honores
  Imperio, mea Muſa cantat.
Illum coruſco vidit ab æthere
Qui Regna nutu temperat, & manu
Flammante cœlos aut ſerenat,
Aut rapidos iaculatur ignes.

 Vidit potenti robore militum
Cum cinctus vrget bellum operoſius:
 Et gentis inſanæ cohortes
  Ac rabiem, furiáſque temnit.

 Septus ſacrato Cœlicolûm choro,
Qua parte fulgent lilia Galliæ,
 Sic fatur, & verbis Olympus
  Contremit, inferiórque mundus.

 Heu quàm cruento puluere ſordidus
In bella Princeps ſponte ruit ſua?
 Bellona nequicquam minatur
  Impauidæ truculenta menti.

E 2

Non illum acerbo Sirius ignifer
Ardore foluit : non populi metus
Incerta iactantis, nec vllæ
Infidiæ, grauiúfque damnum.

Conata (diui) tam pia, viribus
Armare noftris conuenit; & meis
Excindere armis obferata
Mœnia, fulmineífque flammis.

Noui Gigantes, Terrigenæ noui
Fidunt fuperbis molibus, & fui
Educere ad cœlum furoris
Tecta parant, fcelerífque turres.

Succincta ferro turba nefario
Igníque fæuit : Cœlicolûm ruunt
Arces, & æquantur facrata
Templa folo, populantur arua.

Comata fæuis agmina viperis,
Peftéfque mundi Gorgones, impias
Ductant & inflammant phalanges,
Eumenidum ftimuli fatigant.

Exercet Orcus monftra ferocia,
Quaffánfque Mauors luctificas faces,
Implet tumultu mœfta Regna
Franciadum, violátque iura.

Ergo apparantem mœnia vertere
Cingamus acri robore Principem :
Fœlix fit, & forti cruentos
Marte domet Lodoïcus hoftes.

Illi fuperbum Relligio decus,
Aftræa nomen contulit inclytum :
Inuicta vis claras triumphi
Dat manibus capitíque palmas.

Nos sospitatem, & praesidium, & manus
Nostrae sagittas, fulmina, vim, damus.
Quisquis lacesset, vel iubentem
Tempserit, igne meo peribit.

Tum fata magni principis accinit,
Et res futuras. Borboniae inclytum
Hunc stirpis Heroëm, secundo
Est animus decorare sceptro.

Hunc quà nigrantem Sol coquit Africam,
Quà promit orbi pulchricomum iubar:
Aut quà sub humenti recondit
Thetide flammiuomas quadrigas.

Quà friget arctos sydereo gelu,
Et fraenat vndas aequoris: hunc volo
Regnare Regem, nec paterna
Huic poterunt satis esse Regna.

Maior Camillo, Caesare fortior,
Et Marte, magno nobilior patre:
Vincendo virtutes auorum
Iussa suo dabit aequus orbi.

Victorem iniquis Taenarus irritè
Armis lacesset: sub iuga ferrea
Duci Ottomannorum cohortes,
Et populos Arabum iubebit.

Hic sacra Idúmes restituet loca,
Hic fana reddet Coelitibus sua,
Plenáque Panchaeos acerrâ
Vltrò meos onerabit ignes.

Illum feroces sternere Persidis
Cernam tyrannos: stenere barbaros
Medorum, & Ægypti maniplos,
Sternere Marmaricas cateruas.

E   3

Sed antè præstat sæua rebellium
Conata frangi! quis furor improbas
Mentes fatigat? nec Tonantis
Igniuomas metuit Sariffas?

O cœca gentis pectora barbaræ!
In Regem & axem, non paribus diu
Pugnare fatis! at fatiscet
Impietas, animófque ponet.

Inata, fubdit, quæ dea roboris
Mentes fupremo numine militum,
Regúmque magnorum gubernas,
Borbonidûm pete tecta Regum:

Lorica pectus magnanimi tua
Regis coronet, Caffidis arduus
Stet conus, & criftæ rubentes
Sydereum decorent metallum.

Nullis patefcat buccula tragulis,
Sint ora nullis peruia glandibus,
Certífque cudones verutis
Transfodiat, lacerétque parmas.

Vmbonis hoftes tubera territent,
Profcindat harpe, pugio verberet:
Certetur amentis, Sparífque,
Aclidibus, grauibúfque ceftris.

Lentata numquam cornua Sors ferat
Certo fine ictu: fibula nec tenax
Iactum retardet, neu ituræ
Crena tenax noceat fagittæ.

Ærata muros difijciant graui
Tormenta ferro: pulueris ignei
Vrant procellæ, nec micantes
Malleoli, tribolíque defint.

Quæcunque demùm mœnia Principi
Pofthac fuperbè reftiterint pio,
Excinde, flammantéfque currant
Aëra per medium fauillæ.

Vicina difcant oppida, dum vapor
Ater volabit, Regibus obfequi:
Difcat vereri fulminantem
Impietas odiofa dextram.

Altis rebelles exuat arcibus,
Cui facra claræ lilia Galliæ
Seruanda dono. Sic feroces
Debilitet Lodoïcus hoftes!

Si vult quietem, fi decus & fuæ
Lumen coronæ; diruat ocius
Celfo minantes impiorum
Caftra polo, aëriáfque turres.

Saltanus acri robore præditus
Et mente magnâ, protinus arduas
Rupes reuellet, nec penates
Stare finet fuperis rebelles.

Sunt quippe diuis caftra rebellia,
Quæcunque iufto mœnia Principi
Claufére, nec leges verentur,
Francica nec tenuére iura.

Arces ab altis excutiet iugis,
Foffas replebit, diftrahet aggeres;
Montes adæquabit reductis
Vallibus, aggeribúfque valles.

Exterminatis feditionibus
Tunc læta pacis qui teret otia,
Dicat: ter Auguftus rebelles
Edomuit Lodoïcus hoftes.

Dicat reuulſis mœnibus hoſtium,
Versíſque caſtris gentis inhoſpitæ :
Saltanus æternam parauit
Imperio, patriǽque pacem.

ODA II.

AVguſtiſſime Gallici
Rector Imperij, tuam
Quis mentem memoret? tuam
Quis cum robore dextram?
   Armis fracta rebellium
Cedunt agmina iam tuis:
Cœlo caſtra minantia
Illis quaſſa labaſcunt.
   O ïo ter ïo canat
Omnis nunc populus tibi:
O ïo ter ïo, fugit
Hoc diſcordia Regno!
   Iam Saturnia ſæcula
In noſtras redeunt domos:
Almæ ridet amabilis
Vultus vndíque pacis.
   Fugit lurida bellua,
Orci progenies trucis:
Suas ſeditio petit
Parentíſque latebras.
   Nunc mortalia deſerit
Horror pectora frigidus:
Locum grata coquentibus

Tollunt

Tollunt gaudia curis.

   Iam clementia fydera
Noftros afpiciunt agros:
Et iam lilia Gallicis
Nitent pulchriùs oris.

   O ïo, ter ïo, fugit
Ruptis arcibus, impia
Procul feditio, inclyte
Io ter Lodoïce.

   O ïo, ter ïo, tuis
Exit pulfa laboribus
Saltane, & Stygium caput
Stygis condit in vmbris.

ODA III.

ESt mihi facris animus coronís
Regis auguftum caput, & decentes
Aureæ crines onerare vittæ
Diuite gemma.

   Phœbe, nunc palmas, viridéfque lauros,
Et fuas dextrâ violas eburnâ
Cum rofis Mufæ tulipífque nectant,
Necte corymbos.

   Bellides tellus inarata fundat,
Offerat calthas, & olens anethum:
Lilium pofco, cafiam, thymúmque,
Iride iunctâ.

   Tethydis gazas, & opima dona
Huc ferant Indi, citimǽque Gangi

F

Aureo gentes manibus superba
Munera plenis.

Adiuuet numen, superǽque mentes,
Ipsa fulgentem faciant coronam
Ritè complexis faculis in alto
Sydera cœlo.

Vicit horrendos Lodoïcus hostes,
Et manu gentes domuit superbas:
Texit æternis populi nefandi
Castra ruinis.

Iam suis nemo furiosus antris
Fidit, & nullas sceleratus arces
Occupat latro : periere ruptis
Monstra cauernis.

Iam licet nullum metuendo damnum,
Galliæ extremos penetrare fines:
Quippe de nostris violenta terris
Fugit Enyo.

Firma iam toto, Lodoïce, Regno
Pax reget Gallos, modo quæ supersunt
Auferas arces populo rebelli,
Armáque tollas.

Regius turres validas patronus
Axe Saltanus moderante vertit:
Quas timens tellus Aquitana, pridem
Pace carebat.

Ille, quæ restant, tibi fidus, arces
Exuet muris, paritérque clausas
Opprimet gentis paribus scelestæ
Viribus arces.

Tu iube tantùm, Lodoïce, virtus
Afferet sceptro iubar ista magnum:

Tu triumphabis, càpiétque honores
Ille minores.

ODA IV.

DE FRONSIACA ARCE EVERSA.

PLenis Anglica linteis
Iam portus fubeat cymba Liburnicos:
Nemo Fronfiacæ minas
Arcis, neu furias Arcilimontias
Pauens nauita cogitet.
Phafeli placidis fluctibus innatant,
Nec fæuas metuunt manus :
Nec tormenta iugo quæ prius edito
Diris cuncta boatibus
Terrebant, ratibus quæue tonitrua
Claudebant iter horrida,
Curuarum iaculis per iuga nauium
Sibilantibus igneis,
Et tortis fragiles glandibus in foros.
Vos vineta Liburnica,
Iucundos latices vberius decet
Turmis ferre rogantibus
Claræ vina petit nauta Caledonis,
Multis diues & Albion
Nunc fecura terit littora puppibus,
Simul flaua Ceres tua
Plenâ funde manu, munera, peftilens
Aura fugit, & igneus

Monſtri terrifici non nocet halitus.
Paſtores, pauor exeat,
Nam veſtris gregibus libera paſcua
Patent vndique, & omnibus
Reſtaurata viget grata quies locis.
Scindendum ferus obtulit
Cacus luſtificum carnifici caput:
Arces, cauſa metus, iacent,
Et ſidunt trucium culmina montium.
Nuper ſemifer occidit,
Et nunc antra patent diruta belluæ!
Nulla Burdigalæ mala,
Nullos, orta queunt inde pericula
Claræ portubus inclytis
Lunæ ferre metus, nulláque Galliæ
Damna. Magnanimum polo
Ergo perpetuis inſere laudibus
Florens Gallia Principem,
Cuius fulmineâ caſtra ruunt manu.
Magnâ nec ſine gloriâ
Tanti iuſſa ſequens Principis, ardua
Qui ſtrauit iuga montium,
Atque vrbes validis mœnibus exuit,
Saltanus placidè eximat
Vitæ Neſtoreæ tempus amabile!

ODA V.

DE CALMONTANA ARCE EVERSA.

NVper Garumnæ littus vndifonum legens,
   Monftrum fremebat horridum.
Paffis vtrinque crinibus, & ore igneo
   Erynnis incitans gradum.
Vidi cruentas in furente viperas,
   Et virus, & piceas faces.
Diducta tabum labra fpargebant nigrum,
   Et frons micabat ignibus.
Totum occupabat luridus vultum color,
   Oculi madebant fanguine.
Illi nigrantes nexerat pennas dolor,
   Caperet vt ocius fugam.
Vt faxa tandem tenuit eminentia,
   Vndofi ad actam fluminis.
Regis patroni manibus euerfa intuens
   Montis calentis culmina:
Subire cogor, inquit, obfcuros lares,
   Rebellio infœlix perit!
Antè occupata Principi reddo loca,
   Plutonis inuifo domos.
Iuri atque paci cedimus, fic imperat
   Rerum fupernus Arbiter!
Effata, prono capite, fub fluctus iit
   Cafu tumentes altius.

ODA VI.

REgem turma potens iugi
Tollat Thespiaci in lucida sydera:
Ludouicum & Apollinis
Numen, Pierii pectinis alite
Astris inferat aureis.
Regem Calliope sedibus inclytis
Heroum decet inseri,
Cunctis cum citharæ blanditiis tuæ.
　　Armis illius in fugam
Versa est impietas, arcibus, & suis
Fidens ante repagulis.
Fugit seditio sub nigra Tænara,
Aut in viscera fluctuum :
Seu ad Cannibalum se tulit horridas
Turcarúmve plagas : feræ
Aut in Barbariæ terrificas domos.
　　Saltanum Aonij chori,
Cantent, & nemoris culmina Cinthij :
Necnon Mænalius sonor,
Cirræǽque domus barbytos, & sacræ
Concentus citharæ, leui
Percussæ digito virginis : & Dei
Vatum, fistulâ eburneâ
Excitum ambrosio cum sonitu melos ;
　　Iusti Principis hauriens
Mandata, impauidus cuncta rebellium
Rupit mœnia, iam potest

Campis tuta diu pax Aquitanicis
Regnare, & licet impia
Infrænare facris pectora legibus:
En, exuta rebellio
Vaftis aggeribus, Regis opes timet!

TROPHEE AV ROY.

PAR LE MESME AVTHEVR.]

MVfe de tes blanches mains
Defcoche tes traits Thebains
Sur l'eternelle memoire
De L o v y s, à qui la gloire,
D'auoir au Ciel fatisfaict,
Dreffe vn Trophée parfaict.

Vn Trophée d'oliuier,
De cedres & de laurier
Couuert des plus belles rofes
Qui fe foient iamais efclofes
Sur le front des Cheualiers
Et des plus braues guerriers.

Ie defire promptement
Efleuer ce baftiment,
Mufe ma douce mignonne,
Luy faifant vne couronne
A laquelle le deftin
Ne puiffe donner de fin.

Tout premierement ie veux
Pour le rendre plus heureux
Qu'on face au tour de mon arbre
Vn riche pourpris de marbre

Ou d'vn Iafpe reluifant,
Ou d'vn Ophite plaifant.

Ie veux au deſſus encor
Enlaſſer des cordons d'or,
La forme en fera quarrée,
Et pour plus longue durée
Apollon en prendra foing,
Puifque fon honneur me poinct.

Sur le milieu de ce parc
Il faudra courber vn arc,
Pour eftayer vne voute
De peur que l'eau ne degoute
Sur l'ouurage proiecté
Digne de l'eternité.

Deux piliers le fouftiendront,
Et deux autres fupporteront
Vn autre arc, qui aboutiſſe
Aux deux coings de l'edifice:
Ils feront Iöniëns,
Tofcans , François, Doriëns.

Leurs patins feront dorez ,
Leurs piedeftaux colorez,
Leurs frifes , & leurs mouleures,
Leur fufte , & leurs bigarrures
Tireront à foy les yeux
Des hommes ingenieux.

Celuy qui du vray honneur
Aura l'eguillon au cœur
Eftant la nuict fur fa couche
Ne donra treue à fa bouche,
Faifant fortir les fanglots
Qui troubleront fon repos.

Il dira

Il dira, ô qu'il faict bon
Acquerir vn tel guerdon!
Que ces plis Thebains me plaifent
Et tout enfemble defplaifent!
Il me defplait de les voir
Sans que ie les puiffe auoir.

   O que ces cordons orins
Me femblent beaux & diuins!
Qu'elle eft belle la couronne
Qui ce pilier enuironne!
Qu'ils font beaux ces fleurons
Qu'eftonnez nous admirons!

   On verra tout à l'entour
A double & à triple tour
Grimper vne riche vigne
Qui de fin or fe prouigne:
Les tulipes & les lys
Y orneront les iris.

   La rofe s'efpanira,
La pafquerette y fera
Ioincte auec la giroflée,
L'œillet & la gantelée,
Il y aura quelque fleur
De chafque belle couleur.

   Le fil & le mafficot
Auec le tein du pauot,
Lochre & la pierre fanguine
Auec la couleur Turquine
Y depeindront les beautez
Des plus rares deitez.

   Õ verra danfer les eaux
Flot fur flot dans leurs canaux

G

Tout au long de la ceincture
Par vne hardie peinture,
Qui ofe bien attenter
De nature furmonter.

En ce lieu vn cheual court
De fa force, & on tient court
La bride deffus la felle:
Icy d'vne courfe Ifnelle
On le laiffe aller auant,
Plus vifte que n'eft le vent.

A main droicte eft vn treillis
De barreaux d'or fi iolis,
Qu'on penfe que la fontaine
A vne onde fouueraine,
Pour exilant le mal'heur,
Nous plonger dans le bon'heur.

Voyez les petits oifeaux
Enfoncez deffous les eaux,
Et comme par leur doux fouffle
Chafcun contremont bourfouffle
Des brins & des filets d'eau,
Qui enfantent vn ruiffeau.

Ils y font fi fretillans
Que par ieu s'entremoüillans
Ils ondoyent fur la riue
Le troupeau qui y arriue,
Et l'inuitent à voguer
Doucement fur mefme mer.

Les Nymphes font tout auprez
Sur l'herbe verte des prez,
Leurs robes font bien pliffées,
Leurs perruques bien treffées,

Leurs visages excellents
Semblent à demy parlants.

　　Suit sur vn lac, peint de front
Vn Hercule aux armes prompt,
Qui assomme la malice,
Tout aupres est la Iustice,
Qui pour monstrer son repos
Asseuré, est peinte à dos.

　　Les neuf sœurs & le Delien
D'vn luth Dorique, Ionien
Semblent attirer la troupe
Des graces, dessus leur croupe.
Celles-cy ayment les sons
De leurs pudiques chansons.

　　La Force est sur vn pilier
Reuestue en Cheualier,
Et montée à l'aduantage :
Qui fait escumer de rage
Vn Gryphon tout deschiré,
Qui n'a encore expiré.

　　La Iustice est au secon
Qui a sous soy vn dragon
Chassé hors de son repaire,
Qu'il voit deuant soy deffaire,
Et ne fait que larmoyer
Frappé d'vn coup d'oliuier.

　　Le troisiesme a dessus soy
Celle qui remplit d'effroy
Les mutins, c'est la Prudence
Chere sœur de la Vaillance :
Deux renards dessous ses pieds
S'indignent d'estre liés.

Le quatriefme qui fouftient
Sur vn marbre parien
La deefle Temperance,
A deffous fes pieds l'engeance
Des fatyres rauiffeurs
De fes plus chaftes honneurs.

Entre deux font les Chafteaux
Defpoüillez de leurs creneaux,
Là les villes fans murailles
Montrent au vent les entrailles,
Caumont, Fronfac, Sainct Iuftin,
En accufent le deftin.

Auros, Clerac, Moncrabeau,
Craignent d'eftre le tombeau
De la tourbe difformée:
Meillan couuert de fumée
Montre fes murs applanis,
Gontaut fes foffez remplis;

La voute a pour ornement,
L'image du firmament:
Ou ore deffous vn voile
On voit briller vne eftoille:
On voit ore à defcouuert,
La lueur d'vn ciel ouuert.

Là vn flamboyant foleil
N'offence par fon bel œil:
Icy vne belle Lune
Sur les dos d'vne nuict brune
Enfonce autant de fes traicts,
Qu'elle defcoche de rays.

Dans le cœur de ceft enclos
Comme en vn lieu de repos

La deeſſe Aſtrée s'offre,
Pour planter de ſa main propre
Vn Oliuier immortel,
Qu'elle meſme a rendu tel.

 A donc faiſant amollir
Le marbre, & le creux polir
Par ſa puiſſance diuine,
Soudain y met la racine
De l'arbre digne du ciel,
Au fruict plus doux que le miel.

 On vit des lauriers plantez
A l'inſtant de tous coſtez,
Auſſi toſt les graces viennent,
Qui les cedres luy conioignent
Les arroſans de leurs mains
Comme l'honneur des humains.

 Nous preferons l'oliuier
Dirent-elles au laurier
Et aux Cedres: noſtre Pere,
Nous commande de le faire,
Rien ne le vainq que le lys
Du grand Monarque Louys.

 Elles n'ont voulu ceſſer
Deſpuis au tour de danſer,
Chaſcune faiſant ſa poſe
Du Nectar des Dieux l'arroſe,
Ainſi l'arbre de la paix
Sera heureux deſormais.

 Sur la voute en bel arroy
Paroit la troupe d'vn Roy
En plein relief, & luy meſme
Monſtre ſa grandeur ſupreme

G 3

Couronné d'vn verd laurier
Meflé auec l'oliuier.

 La victoire à fes coftez
Luy prefente les Citez
Qu'il a pris par fes gend'armes :
Dufault celles qui fans armes
Ont veu cheoir à bas leurs forts,
Qui ont caufé tant de morts.

 C'eft cet homme au front vouté,
Qui deuant fa Majefté
D'vn vifage venerable,
Prend de fa main equitable
Le laurier de fes labeurs,
Qui ont chaffé nos malheurs.

 Pren mon Royal Oliuier
De ton Roy, ce beau laurier :
Attendant la recompenfe,
Qu'vn iour tu auras : & penfe
Que ce n'eft peu auancer
Que ton nom eternifer.

 Toy dedans le champ de Mars
De la pointe de tes dars,
Mon inuincible Monarque,
Burine par tout la marque
Du plus grand Roy de nos Lys
Le Iufte & vaillant L o v y s.

 Sois de ce monde l'honneur,
Et de l'iniure vengeur,
Qu'on fait à Dieu par les vices :
Sois des mortels les delices :
Sois en la terre & aux Cieux
En diuers temps glorieux!

LVDOVICO XIII.

Galliarum Regi semper Augusto.

LAVRVS TRIVMPHALIS.
Eodem Authore.

QVO me Calliope rapis!
Quo me numen amabile
Phœbi, quóve tuæ parant
Tecum ducere turmæ?
  Mentem flammeus occupat
Ardor, & iuga Cinthia
Vates visere cogitat,
Vestras visere lauros.
  Ergo Pegasides sacra
Vati pandite limina,
Illi pandite melleos
Sacri nectaris amnes.
  Illi Pierides rosas
Et candentia lilia:
Lauris serta virentia
Coronásque parate.
  Regis, quo nihil aurea
Solis lumina detegunt
Maius, nunc viridi placet
Caput cingere ramo.

Sit procul Cythereïa
Myrthus, sint ederæ procul:
Nullus hic Veneri locus,
Vini nullus amori.

Laurus Phœbe tuæ comas
Æternúmque decus peto:
Et fortis volo conditas
Læui cortice flammas.

Terræ qui dedit arbuta,
Et qui gramine veſtiit:
Gratis ipſe coloribus
Lauros tinxit odoras.

Ille, cum Procyon furens
Dentes exeris igneos,
Sacratas facibus tuis
Vetat tangere frondes.

Æſtas ſole tepentior
Suis nil nocet ignibus:
Hiems horrida nil ſuis
Obeſt ſepta pruinis.

Sanctam fulminis arborem
Truces non quatiunt metus:
Sæui ſola tonitrui
Laurus ſpicula temnis.

Quondam poſt fera prælia
Gigantum, ſua laureis
Cuncti tempora cœlites
Ornauére corymbis.

Clara ſeruit amoribus
Caſtis arbor, & impij
Fugat toxica faſcini,
Fœdos pellit amores.

Expuliſſe pericula
Sæpe fertur, & horridi
Tabi lethiferas faces,
Algorémque veneni.

Quiſquis laureolos manu
Ramos aut baculum tenes,
Fœlix accipe dulcia
Vitæ tempora longæ.

Illum ſors nequit inuida
Exturbare loco, ſacras
Qui frondes manibus gerit,
Aut in fronte corollas.

Illas ſi iacis in rogos,
Et ſoni crepitacula
Aures percutiant tuas,
Dextra concipe fata.

Tum Ceres ſua munera
Pleno proferet vbere,
Tum lætus iuga pampinis
Teget Bacchus & vuis.

Flora mille coronulis
Cinget tempora, & aureo
Lucens vndíque floſculo,
Iunget ſerta lapillis.

Ibit fulgidior dies,
Et Phœbus magis aureas
Emerſus Thetydis lacu,
Ducet axe quadrigas.

Ac ſi te furor hoſtium
Turbat, ſi metus anxium
Venturi tenet exitus,
Si vis noſſe futura.

H

Puluillo folium virens
Harum ſubijce frondium:
Summi munere numinis
Vera ſomnia cernes.

Flatu ſydera præſcio
Implent laurigerum caput,
Lauri quos redimit viror,
Dant miracula Vates.

Laurum qui tripodas mouet,
Frontis addit honoribus:
Qui fert numinibus ſacra,
Lauri ſumit honores.

Hæc victricia Principum
Signa nexit ouantium:
Hæc in Cæſareis fuit
Glorioſa triumphis.

Illam Diua virentibus
Iungit Pax oleis : feros
Armis in mediis potens
Placat protinus hoſtes.

Olim vis fuit arbori,
Diuûm relligionibus
Expiare domos , tuam
Nec non Romule gentem.

Puris laurea vatibus
Eſt in Eliſijs agris:
Illis eſt, patriæ ſuum
Qui fudêre cruorem.

Lauro virginei chori
Gaudent, turmáque militum:
Ductor armipotens quoque,
Diuinúſque ſacerdos.

Hanc propter rigidos domat
Gens Oenotria Sarmatas:
Et qui saepe gementium
Sugunt vulnus equorum.

Hanc fortissimus arborem
Caesar puluere Gallico,
Hanc per praelia quaesijt
Laudis captus amore.

Ipsa Sors licet inuida,
Inconstans, variabilis,
Dextrâ perpetuum nouae
Lauri munus honorat.

Et Victoria fulgidas
Lauro condecorat manus,
Donans sceptra nitentia,
Cui dat laurea serta.

Hâc quondam tibi Romule
Hastam vestiit inclytam:
Hâc templi foribus tui
Lauru stemmata fixit.

Arbor nobilis aurea
Ad Regum laquearia,
Ad ingens capitolium,
Et delubra pependit.

Cum, Philippe, tuae tegit
Conum cassidis, impia
Conuellis temerariae
Vltor Phocidis arma.

Optat, qui vaga sydera
In celso regit aethere,
Qui dat tempora, victimas
Tali fronde decoras.

Cornu fit licet aureum,
Pellis candidior niue:
His fordet fine ramulis,
Lauri iungite frondes.

Pæſtanæ tulipæ crocus
Adſit, & roſa Tuſculi;
Adſint faſciolæ Tyri,
Veſtras addite lauros.

O lauri, ſacra cælitum
Viris munera fortibus
Quæ miſit Pater ætheris
Celſo dexter ab axe!

Veſtram fas ſit originem
Dulci pectine perſequi:
Et magni liceat comæ
Vos innectere Regis.

Nonne ſanguine Cæſarum
Et Regum ſatus inclyto,
Vobis dignus habebitur,
Cum ſit dignus Olympo?

Ramis nulla virentibus
Vſquam dignior eſt coma:
Quæ vobis decus afferet
Veſtro iuncta decóri.

Almus cœlicolûm arbiter
Cum pugnantia cerneret
Ducum robora fortium
Inuictóſque labores.

Cœpit nobilioribus
Velle cingere frondibus,
Et contemnere populos,
Eſculúmque virentem.

Non eſt (inquit) amabilis
Fagi gloria frondium:
Forti nobilior viro
Arbos tempora cingat.

　Noſtra limina, cœlites,
Et poli laquearia
Laurus ſtringite bracteis,
Veſtras ſtringite frontes.

　Dixit,& ſuper ardui
Iugum conſtitit ætheris
Sylua non prius agnita,
Nouis conſita lauris.

　Rectus brachia porrigit
Truncus : ſunt folia auréis
Paſſim flaua notis , micant
Pleni luce corymbi.

　Noli quærere nomina
Regum inſcripta nitentibus
Paſtor floribus : in nouis
Fulgent vndíque lauris.

　Hic vatum chorus integer
Pulchris in folijs viret:
Vultus Mæonij rubent
Latinique Poëtæ.

　Hic lucent uenerabili
Majeſtate graues, Polo
Qui debent pia munera
Suffitúſque ſacrare.

　Iuxta magnanimi Duces
Et fortiſſima Principum
Adſunt agmina, milites
Fulgent ære coruſco.

Hic myſtæ Themidis ſacri,
Aſtræǽque perennia
Splendent lumina, fulgido
Turma nobilis oſtro.

Hæc (inſit pater) arduum
Stringet Aſſyrij caput:
Hæc Medis decus afferet
Arbor, altera Perſis.

Huius gloria fulgeat
Inter Argolicas manus:
Sit ludis in Olympicis
Claræ præmia pugnæ.

Illam Rex Macedo ſuis
Armis vendicet: hanc potens
Sumat Roma perennibus
Exornanda triumphis.

Quæ vero viridantior
Comas extulit aureo
Fili ſtamine fulgidas
Toto maxima luco.

Romani ſacra Præſulis
Olim tempora vinciat
Cum veros Superûm Patris
Roma viderit ignes.

Quæ iuxtà viridantibus
Scandit frondibus altior:
Quam ſtipant violæ & roſæ,
Quámque lilia cingunt.

Francis tempora Regibus
Ramis veſtiat auréis;
Æternúmque virens, ſuum
Seruet vſque colorem.

Si quis Marte nefario
Tentet, fentiat igneos
Fulminis cuneos mei,
Cæli fentiat iras.

Si nitatur adurere,
Statim, Coïbicæ cadat
Velut frondis odoribus:
Taxi fopiat vmbra.

Si quis tangere non pijs
Audeat manibus, malo
Preffus Herculeo gemat,
Spumet ore cruento.

Hanc Victoria crinibus
Nectat ambrofijs, comæ
Sors conftantior implicet,
Mauors implicet armis.

Cuius hanc caput arborem
Aut manus geret, omnia
Fœlix terreat hoftium
Nullo caftra labore.

Tunc gratiffima virginum
Vox audita canentium
Afperfit noua Cœlitûm
Choro gaudia fancto.

Cœpit cantibus excitum
Moueri nemus, & facros
Purâ de Superum manu
Semel pofcere riuos.

Primus Arbiter omnium,
Hebes virginis aurea
Fundens cymbia, nectaris
Gratos indidit imbres.

Lauri crefcite lilijs
Iunctæ perpetuis, ait:
Tui, Gallia, Principes
Hac fe fronde coronent.

Cohors eius, eburneo
Rorem mellifluum vrceo
Spargit, & falientibus
Infit talia lauris.

Lauros vincite Cæfarum,
Medorúmque potentium:
Lauris addita lilia,
Omnes vincite lauros.

Frondes vix chorus abluit
Dulci nectare Gallicas,
Cum Victoria candidis
Illuc euolat alis.

Aduentu fonuit deæ
Gratis laurea vocibus
Sylua, & Cœlicolis noui
Dedit pignus amoris.

Aures vix tetigit melos,
Longa cum trahit agmina
Dux Victoria Principum
Lauri cincta coronâ.

Olli qualis in aureâ
Phœbi lux micat orbitâ
Talis purpureo color
Lumen fpargit ab ore.

Auro pulchrior igneas
Clara frons faculasvibrat,
Ardent Sydereo illita
Diuûm murice labra.

Niuis

Niuis castula fulgidam
Lucem vincit, & Iridis,
Aut Pæsti viridarij
Cunctos palla colores.

Laurus Cæsariem tegit,
Et fortes decorat manus:
Vertex Arabicos polo
Latè spirat odores.

Nec minùs nïtet agminis
Majestas sacra Regij:
Reges Franciadum aureâ
Adstant luce superbi.

Musa, grandius est opus
Tot percurrere Principes;
Paruo pars erit vnica
Seges congrua vati.

Reges parcite maximi,
Breui tempore quis labor
Canat vestra perennibus
Digna facta trophæis?

Magnæ qui propior Deæ
Stipabat latus alterum,
Clodouæus erat, trucis
Victor inclytus hostis.

Illius clypeum, Gothi
Regis membra iacentia
Ornant, & cruor impij,
Horrendúmque cadauer.

Eius sydereæ faces
Lambunt tempora, cassidi
Splendor imminet aureus,
Vultus igne refulget.

Ensis est adamantinus,
Thorax Memnonio riget
Metallo grauis, omnia
Sunt victoribus apta.

Mole Carolus arduâ
Vasti corporis, & piâ
Mente maior, ad alterum
Latus virginis ibat.

Illi totus in aureo
Mundus traditus est globo:
Illi gloria Cæsarum
Vni cedere visa.

Victos in galea gerit
Feros Saxonas, & truces
Expulsos ab Iberia
Forti milite Mauros.

Ingens parma ruentibus
Horret obsita barbaris;
Ipsa Barbaries sacris
Libat oscula plantis.

Augustum Pietas caput
Suis cingit honoribus,
Quod Desiderij graues
Fregit Marte furores.

Hic labantia sustinet
Diuûm templa: petentibus
Hic dat robora Patribus
Christi castra secutis.

Illum plurima fortium
Citato sequitur gradu
Turma Regia Principum
Claro murice tincta.

Vnus fed medio venit
Admirandus in agmine
Turmâ nobilior fuâ
Cæteráque cohorte.

    Illi tempora veftiunt
Palmæ Iudaïci foli,
Tunetanáque feruiunt
Picta in vertice Regna.

    Eius fplendor ad ardua
Mentem dirigit igneus,
Et virtus valido facros
Regi fpondet honores.

    Supplex turma nitoribus
Parmæ fulget in aureis,
Eius & pia nomini
Offert munera fancto.

    Tanti fub pede Principis
Squallefcens Vitium iacet:
Iacet cincta furoribus
Gens iniqua malignis.

    Illum purpurei greges
Et florentia Principum
Stipant agmina fortium
Regaléfque cateruæ.

    Viri robore nobiles,
Quorum fama polos tenet ;
Et quorum fuit inclyta
Virtus terror in orbe.

    Inter quos, vt amabili
Phœbus luce minoribus
Præftat fyderibus, faces
Vincit Luna minores.

Henricus pater aurei
Et lux maxima sæculi
Promit auricomum iubar
Cultu frontis amœnæ.

Illi Mars adamantina
Præfert arma, gradum regit
Sors cum numine profpera,
Mauors creditur alter.

Hunc maior fequitur patre
Armis filius : ô mihi
Fas fit dicere ! quæ polus
Vidit, fentiet orbis.

Qualis Cæfaries noui
Solis fulget in æthere,
Tali cinctus honoribus
Princeps fplenduit ore.

Qualis Threïcios furens
Gradiuus quatit aggeres,
Et dat triftia gentibus
Bello iuffa fubactis.

Talis cernitur, æream,
Haftam cum valida manu
Aut minantia fpicula
Crifpat Martius heros.

Oris illius ad fonos
Vifa caftra labafcere,
Et fuccumbere pergama
Occultanda ruinis.

Nonnumquam refonantia
Armorum crepitacula
Vifum temnere peftilens
Diri criminis agmen.

Vifa temnere fepticeps
Hydra, quique folo fuas
Abfque numine Cœlitum
Audent ponere leges.

 Verùm fulminei manu
Tonantis timor inditus,
Atque fupplicij rigor
Pœnitere coëgit.

 Huic victoria laureis
Crines frondibus abdidit,
Spondens Barbaricæ impia
Gentis fubdere colla.

 Tunc ait Superûm fator;
Tam cœleftia munera
Fortes accipiant duces,
Diuiníque Poëtæ.

 Lauros irriget aureâ
Hebe nobilis vrnulâ,
Et lauri mea frondibus
Semper tecta coronet.

 Ornet atria Cæfarum
Laurus, & Capitolia:
Sed primum decus omnium
Ludouicus habeto.

 His dictis polus annuit,
Atque Cœlicolûm chori:
Ergo nunc cape lauream
Ludouice, coronam.

 En Victoria militi
Pugnæ præmia dat tuo:
En Fortuna potentibus
Fauet profpera cœptis.

Nunc æquata folo iacent
Cœlo faxa minantia,
Et iacent Aquitanici
Receptacula belli.
    Vrbes Martius abftulit
Tuus feruor, & hoftium
Turmas fæpe rebellium
Potens dexrra fubegit.
    Nunc orbata repagulis
Pauens Impietas filet:
Vicifti; cape lauream
Victor ergo coronam.

REGI AVGV-
ſtiſsimo Oliua.

EODEM AVTHORE.

Nvnc ô Regia Principis
Pallas magnanimi tua
Cum lauris viridantibus
Frontem cingat oliua.
  Suis fulget honoribus
Regum tempora vinciens:
Verùm pulchrior eſt, tuæ
Iuncta laurus oliuæ.

  Regis armipotens manus
Lauros in caput aggerit:
At mens nectare dulcior
Dulcem poſcit oliuam.

  Et iam diruit impias
Arces, caſtráque perfida,
Qui ſuauis amabile
Gerit nomen oliuæ.

  Qondam nobilis inclytas
Cum plebs Attica, Cœlitûm
Dextri numinis alite
Extruxiſſet Athenas.

  Partim Cecropidæ tuo
Studebant Dea nomini:
Æquoris reliqui Deo
Clarâ voce fauebant.

Hi Neptunia Pergama,
Illi Palladias domos
Malebant, sua dum coli
Quisque numina poscit.

Res in ancipiti diu
Cum stetisset, ab agmine
Tritonis rapuit virum
Nubis tegmine cinctum.

Inde vallis Hymettiæ
Reductos trahit in sinus,
Locis inque latentibus
Illi talia fatur.

Eius, Cecropidæ suæ
Vrbi nomina numinis
Indant, cuius amauerit
Magis munera plebes.

Si vasti domitor maris
Liberalior ex suis
Quæ condunt fragiles opes
Dona traxerit vndis.

Insit fuscina mœnibus,
Vrbs Neptunia fulgeat:
Nullæ nomine sint meo,
Si me vincat, Athenæ.

At si, qui mare concutit
Et fræno regit æquora,
Vincatur: melioribus
Donis cedere discat.

Nostra stemmata mœnibus
Insint, gratáque munera:
Claræ nomine sint meo
Si vincatur, Athenæ.

Humentis

Humentis nequit æ quoris
Idcirco dominus queri:
Effufis neque fluctibus
Laxas mittet habenas.

　Hæc vbi rofeo dedit
Ore iuffa, recentibus
Illum nubibus abditum
Magnæ reddidit vrbi.

　Rurfus, vt vaga fluminum,
Diuerfis vada motibus
Furor turbinis abripit,
Vtque fluctuat vnda.

　Curas itur in anxias
Hinc & inde, nec Africo
Inquietior impetus,
Aut ardentior Euro.

　Vt verò caput humido
Effert Nereüs alueo:
Et commota per æquora
Iubet ponere ventos.

　Isqui viderat aureos
Vultus Palladis, & facra
Antè iuffa receperat,
Turbas fedat inanes.

　Quid certaminis anxij
Euentus timet Attica?
Inquit, ne violet Deos,
Cur fic infcia pugnat?

　Non feret grauiter Dea
Hæc Neptunia mœnia
Dici: nec maris Arbiter
Dici nolet Athenas.

K

Pars Deæ fauet, altera
Patruum sequitur Deæ:
His frater Iouis, his mage
Proles grata Tonantis.

Verùm ne fauor illius
Partis, huic noceat : graues
Aut hæc inferat alteri
Noxas numine læso.

Vrbem qui melioribus
Ornarit modò præmijs,
Illi nomina det sua,
Hoc fruatur honore.

Cunctis consilium placet,
Aræ, templáque frondibus
Ornantur, cadit hostia
Dijs multa duobus.

Fumi Panchaïci volant
Sublimes super æthera:
Et gaudet geminum sacros
Numen inter odores.

Tandem Pallas eburneâ
Ramum sydereum manu,
Solo fixit in Attico
Immortalis oliuæ.

Visa est qualis in ædibus
Cerni Dulichijs solet:
Frontem lucidus auream
Comæ fulgor obibat.

Arcus lumina gemmeus
Et argentea stamina:
Malas lilia cum rosis,
Murex labra tegebat.

Plena balſamicis ſtola
Videbatur odoribus:
Et color Tyrio croco
Purpuræque præibat.

    Cothurni iubar aureum
Et flammas adamantinas
Spargebant : breuibus ſolum
Strauit bellida plantis.

    Dextra termite nobilis,
Fulſit marmore læuior:
Ramis in crepitantibus
Frequens bacca virebat.

    Mirantur iuuenum chori,
Et longæua ſenum ſtupent
Viſis frondibus agmina,
Laudant dona Mineruæ.

    Salſi tum maris & vagæ
Rector Doridis, ærea
Tundens æquora fuſcina
Equum promit ab vndis.

    Argutum caput eſt feræ,
Aures perpetuo micant,
Emittunt oculi faces,
Signat ſtellula frontem.

    Ceruix ardua tollitur,
Forma corporis eſt ea
Viros quæ grauibus queat
Armis ferre coruſcos.

    Ampla pectora fortibus
Sunt firmiſſima muſculis,
Vaſta tergora ponderi
Sunt parata ferendo.

Eius sub pedibus tremit
Nubes pulueris euolans:
Et tellus, quasi sentiat,
Ictu sidit acerbo.

Sunt ephippia splendidis
Exornata lapillulis:
Sunt conchylia Thetydis
Manu sparsa nitenti.

Pendent ex Phalerisgraues
Enses, & fera spicula:
Horret claua frequentibus
Caput consita clauis.

Tum Nereïdes exerunt
Salo pulchricomum caput:
Et Neptunia prædicant
Sistris dona canoris.

Equus constitit ad sonos,
Donec clangor amabilis
Tritonum quatit igneas
Belli cantibus aures.

Tum ruptis fera prosilit
Frænis, quò rapiunt tubæ,
Martis plena furoribus,
Et certamina poscit.

Vidit æquorei Attica
Donum numinis, & stupens
Diu constitit, anxia
Cuius munera vellet.

Nutat ancipiti salo
Dum plebs Cecropia, omnibus
Idem consilium fuit
Sacra visere fana.

Itur in Iouis aurea
Delubra, & facra numinis
Summi quæritur omnium
Piâ voce voluntas.

Vix'ad limina venerant,
Cum templi laquearia
Nouis luminibus micant,
Nouo cincta colore.

Præfens auxilium putant
Vates Cœlicolûm patris,
Et crebras alacres monent
Preces fundere plebem.

Ecce, dum volitant polo
Odores Arabum foli:
Votis mixta frequentibus
Volant Thurea dona.

Politus fpeculi lapis
Et marmor therebaïco
Longè fplendidius, duas
Fingit luce figuras.

Hinc vultu Dea barbaro
Sæuas concutiens faces
Infidebat equo, horruit
Vifis Attica monftris.

Illinc Diua nitentibus
Vultum picta coloribus:
Pulchrâ pulchrior eft rofâ,
Die pulchrior ipfâ.

Hanc cingit ftola fulgida
Eois adamantibus:
Sapphiris fimul, & rubris
Nitet fparfa pyropis.

Clarum læua puellulum,
Vultus cui micat aureus,
Membra argenteola, & clamys
Gemmis texta, gerebat.

Dextra termite fertilis
Oliuæ calathum implicat,
In quo purpurei iocis
Oblectantur Honores.

Hic mentes sacer occupat
Afflatus: placet æquoris
Vt sit muneribus prior
Gratæ ramus oliuæ.

Neptuno pia ciuitas
Grates perpetuas agit,
Et pro munere præbito
Sacros vrit odores.

Verùm nomine Palladis,
Cuncta quam vocat Attica
Athenam, vndíque maximas
Plebs vocauit Athenas.

Ex hoc armipotens Dea
Vrbem cinxit honoribus:
Ex hoc Palladiæ vigent,
Nec non Pacis oliuæ.

Laudarunt oleagina
Antiqui laquearia,
Et fulgentia numinum
Hac ex arbore signa.

Ecquis Acropoli decus
Oliuæ negat insitum:
Quod nullam cariem timet,
Nullo desinet æuo?

Tylos perpetuis habet
Ornatum folijs nemus:
Tyli gloria sed sacræ
Longè cedit oliuæ.

 Eius Iupiter arido
Ex trunco sua confici
Sceptra iussit,& omnium
Ornamenta Deorum.

 Ramum Pax oleaginum
Aut virgam manibus tenet:
Et Ianus sua limina
Claudens, gaudet oliuâ.

 Phœbus frondibus his lyram
Sæpe texit eburneam:
Atque Palladiam suis
Lauris iunxit oliuam.

 Musæ cum Charitum choro
His ornant folijs caput,
Ante limina Cœlitum
Floret semper oliua.

 Ramis ipse Tridentifer
Gaudet pacificis , suas
Quando mitis in æquore
Iubet ludere turmas.

 Et cum lux micat aurea
Vastum sparsa per aërem:
Tum Diuûm pater, hâc comas
Lætus arbore cingit.

 Idem Memnonias dapês
Claris cum Superis petens:
Gentes ne timeant nigræ,
Frondes sumit amœnas.

Cum verò quatere incipit
Diris fulminibus polum,
Tristi tunc oleaginam
Demit fronte coronam.

Iubet fulgida Principum
Idem sceptra potentium
Ex hac arbore conficj,
Æternasque coronas.

Quisquis Palladias colit
Artes, seu fera prælia
Ciet, seu latices bibit
Magni Bellerophontis.

Ascræis oleas lubens
Iungat floribus, & placens
Phœbo, Dulichiæ putet
Magni dona Mineruæ.

Martio validi Duces
Bella numine dirigant:
Oliuæ sine frondibus
Nemo iusta putabit.

In certamine Cæsarem
Lauris iuncta Dijs parem
Fecit, & dedit omnium
Claro nomen in ore.

Fœlix qui sua tempora
Fronde Palladiâ tegit!
O frondes pia barbaris
Missa munera terris!

Quisquis implicuit comæ,
Feros comprimit impetus:
Quisquis vos manibus gerit,
Sæua comprimit arma.

O frondes

O frondes medicamina
Stultis missa furoribus,
O malagmata maxima
Nostro missa dolori!

Nam si pestis in inclytas
Athenas furit, aut fames:
Illam sedat Apollini
Datus termes oliuæ.

Vos ô Cecropij senes
Testor, qui graue toxicum,
Morborúmque pericula
Sacrâ fronde fugastis.

Quin & bellicus insonat
Dum Martis strepitus, truces
Et Persæ quatiunt metu
Clara Palladis arua.

Vt spem pacis amabilis
Athenæ capiant, virens
Arbor, quæ platanus fuit,
Tunc apparet oliua.

Magna robora post modum
Xercis Græcia contudit:
Et fœlicia frondium
Victrix omina nouit.

Quod si terra laboribus
Coloni nihil offerat:
Frugum munera fertili
Si non continet aluo.

In tristes Epidaurios
Mentis conijce lumina:
Illis arida, fructuum
Negant arua leuamen.

L

Baccho iuncta Ceres, procul
Grata detulit horrea:
Turmis trifte gementibus
Sic refpondet Apollo.

Tellus fertilis Atticæ
Frondis fiet honoribus:
Æternos, Epidaurij,
Deæ pofcite ramos.

Itur, Delphica quo iubent
Dicta, munera Palladis
Pofcuntur; data fertiles
Reddunt protinus agros.

In facris oleæ liquor
Quippe quòd micet ignibus:
Cœlites Oleas amant,
Et his confita rura.

Reges, Cœlicolæ folent
His accingere frondibus;
Solent munera laureæ
Hæc coniungere fronti.

Ille Martia qui ciet
Iufto prælia robore:
Fortis qui quatit hoftium
Magno corda pauore.

Qui vi, multa rebellium
Caftra difiicit, & fuo
Parcit, Cæfarefortior
Ac clementior, hofti.

Cui perpetuis virent
Vincta tempora laureis:
Qui lauros oleis fuis,
Lauris lilia iungit.

Quam gratus fuperûm Patri
Atque Cœlicolûm choro,
Tempus tranfigit aureum,
Auri fæcla reducit.

Quanto per vada cœrula
Claffes imperio reget?
Et quot gentibus additis
Regno, nomina ponet?

Certè iam video Duces
Et vexilla cohortium:
Clangentes refonant tubæ,
Cœlum tympana pulfant.

Meos ante oculos volat
Alis Francica candidis
Fortuna, æthereum decus
Regi nectit Oliua.

Nempe, quæ patrium anteà
Henrici decus auxerat:
Crines illa tuos, Potens
Ludouice, coronat.

Arcis Fronfiacæ iuga
Tuas nunc oleas gerunt:
Et Calmontia viribus
Tuis vertit Oliua.

Erunt iam tibi fertiles
Agri , quos Oleæ tegunt:
Regnabunt tua Lilia,
Pacis inter Oliuas.

Pax Regno, & ftabilis quies
Victis parta Rebellibus,
In Turcas tua conuocet
Rex fortiffime, figna.

Rhenus iam metuat tuas
Phalanges, Padus horreat,
Tui roboris audiens
Immortalia facta.

    Sed iube reliquas priùs
Euerti impositas iugis
Arces, quas populus poteſt
Occupare Rebellis.

    Id potes fine milite,
Id præſtabit amabile
Mente qui tuus integrâ
Gerit nomen Oliuæ.

AV ROY,

En actions de graces pour la demolition du Chasteau de Fronsac.

PAR MAISTRE H. PETIT
Libournois.

O D E.

SVS mufe fi long-temps aride,
Gouftons de cefte eau pegazide,
Dont Apollon charme nos fens,
Quand d'vne veine Poëtique,
Il faict fluer le miel Attique,
Sur la pointe de nos accens.

   Vois tu pas ces tours eminentes,
L'effroy des flottes nauigantes
Bouleuerfer de iour en iour:
Ces groffes maffes entaffées,
A chafque moment terraffées,
Pour bien-heurer noftre feiour.

   Iadis le grand Charles fift faire,
C'eft inacceffible repaire,
Contre l'effort des Sarrazins:
Louys iufte le faict deffaire

Pour affeurer le populaire,
Contre l'effort de leurs voizins.

Contre la Sarrazine audace,
Charles fift baftir cefte place,
Ou l'Aquitaine peut veiller;
Contre noftre propre folie,
Louys la rend aneantie,
Mettant nos chefs fur l'oreiller.

C'eftoit vne place enchantée,
Ceux dont elle eftoit habitée,
Deuenoient tout à faict rebours,
Tygres & Lyons fanguinaires,
Cruels Leopars & Pantheres,
Hercule mefme y deuint Ours.

Il deuint auffi Crocodile
Monftre de Dourdougne & de l'Ifle,
Beuuant le fang desNautonniers;
Mais il receut bien fon falaire,
Pour auoir touché (temeraire)
De fa main les facrez deniers.

Il fuft vn temps que fon vifage,
Faifoit trembler tout ce riuage,
(Voulut il faire les doux yeux)
Vn autre temps vint que fa face,
Quoy, que refroignée en grimace,
Rendoit les paffans tous ioyeux.

Dedans cefte taniere affreufe,
Logeoit vne engeance fafcheufe,
Qui partageoit noftre plaifir,
Prenant le pigeon dans la fuë
La poire fur l'ante penduë,
Vray object de noftre defir.

Leurs mandemens (quoy que feueres)
Nous eſtoient des loix neceſſaires,
On ne parloit point de r aiſon:
Et ſi quelqu'vn ouuroit la bouche,
Il eſtoit certain que ſa couche
Eſtoit preſte dans la priſon.

   pour nous vexer ces enfans d'Ire,
Auoient iournellement en mire,
Des Argus ſur nos actions,
Voire ces ames trauerſées,
Meſuroient ſouuent nos penſées,
A l'aune de leurs paſſions.

   Si leur oreille eſtoit touchée,
D'vn mot, dont elle fuſt faſchée,
Ils nous menaçoient à tous coups,
De rendre nos murs diffamées
Auec leurs balles enflammées,
Au moindre eſlans de leur courroux.

   C'eſtoient des cheuaux indomtables,
En leur manege redoutables,
Balſadant touſiours par le haut:
Maintenant tout va terre à terre,
Le naturel le plus ſeuere
Vient doux eſtant proche Duſault.

   Le temps qui change de viſage,
Nous faict eſperer vn bel âge,
Ores que la main des Maſſons,
Auec vn ſoing preſſé trauaille,
Pour accrauanter la muraille
De ces coquillés limaſſons.

   Nous ne verrons plus tant d'alarmes,
Nous n'orrons plus tant de vacarmes,

Pour l'incertitude du temps:
L'âge doré vient à renaiſtre,
Le valet recognoit le Maiſtre,
Toutes ſaiſons ſeront printemps.

Nous eſtions touſiours en ceruele,
Touſiours au guet en ſentinelle,
Oeilladant ces grands bouleuars,
Ores entrions en confiance,
Tantoſt eſtions en deffiance,
Sur les apprehenſions de Mars.

Nos Riuieres abandonnées,
Trainoient durant quelques années,
Leur flus & reflus à regret,
Voyant les nations eſtranges,
Quitter nos fertiles vendanges,
Et loing de nous faire leur fret.

Mais deſormais en ces contrées,
Le reſidu de nos denrées
Seruira pour les autres lieux:
Sur tout ceſte liqueur ſacrée
Ceſte douceur tant deſirée,
Qui rend les hommes demi-Dieux.

On verra des flottes nombreuſes
Qui deſſus ces tours orgueilleuſes,
Noſoient pas defiller les yeux,
Ces ruines eſtant publiées,
Venir à voiles deſpliées,
Porter leurs metaux pretieux.

Puis de retour (comme on doit croire)
Ils feront retentir la gloire.
De noſtre incomparable Roy,
Deteſtans l'heure de leur naiſtre,

Puiſque

Puisque naissans d'vn si doux Maistre
Ils n'ont peu receuoir la loy.

Et de vray c'est vne grand marque
De Iustice en nostre Monarque
En nostre inuincible Louys,
Que son renom par tout s'enuole,
Et que de l'vn à l'autre pole,
Puisse blanchir la fleur de Lis.

A iamais puisse ce grand Prince
Ioindre Prouince sur Prouince,
Tousiours le verdoyant Laurier
Son chef victorieux entourne,
Puis qu'on le voit DOVS A LIBOVRNE
Nous comblant des fruicts d'Oliuier.

Et toy Dusault planette agile,
Qui cloüée à ce grand mobile,
Nous influes tant de bon-heur,
Puisse ta belle renommée,
Viure au gré de la destinée,
Dans l'eternité de l'honneur.

Veuille la Majesté Cœleste,
Faire fluer dessus ta teste
Autant de benedictions,
Que ta labourieuse troupe,
A sousleué sur ceste croupe
D'atomes de ces bastions.

Puisse tu viure autant d'années,
Que l'on a de pierres minées
De ces imperieuses tours,
Sans que iamais le mal t'approche,
Que iamais le chagrin t'accroche,
Tousiours prez du diuin secours.

M

SOVHAIT DES LIBOVRNOIS AV
Roy fur fon Commiffaire.

Par le mefme H. PETIT *Libournois,*

VOyant fous Phœbé vagabonde,
Tant de naturels differens,
Il faut dire que dans le monde,
Rien n'eft plus fautif que nos fens.

Les aucuns treuuent que l'Oliue,
A force amertume à leur gouft,
Mais ce qui corrompt leur faliue,
N'eft autre chofe que le couft.

D'autres qui l'ont mieux fauourée,
Voudroient bien fous l'adueu du Roy,
Qu'il en fuft feruy cefte année,
A Caftillon, & Saincte-foy.

AV ROY,

SVR LES COMMISSIONS DECERNEES
par faMajefté pour la demolition des villes rebelles,
& des places enuiées par iceux.

QVATRAINS.

PAR LE SVSDICT M. PIERRE DAVLBE-
roche de la Compagnie de Iefus.

MArs abbat les rempars par fon grondant tonnerre
Quand il eft aux combats : tu le fais en iceux :
Mais le faifant auffi fans canon, & fans guerre,
Tu me fembles plus fort, que Mars & plus heureux.

AV MESME.

QVand en fi peu de temps tu rauis tant de places
A tes fiers ennemis, meprifant tout hazar :
Quand tu vainqs fi fouuent, & forçant leurs terraces,
Te monftres fi clement, n'eft tu pas vn Cefar ?

AV MESME.

SI Mars eftoit clement & fuiui de la gloire,
Que donne la vertu, mefme au temps de la paix :
S'il auoit auec foy Aftrée & la Victoire,
On diroit que c'eft toy voyant tes nobles faicts.

AV MESME.

IAdis on t'appelloit le fils de la vaillance,
Confiderant les faicts de noftre grand Henry :
Il eft ore l'ayeul ; car ton aymée France
T'en appelle le pere, il n'en fera marry.

AV MESME.

SIRE tu as la main, la force, & le courage
De tes nobles ayeuls, tu fais ce qu'ils ont faict:
Voire te contemplant, i'y trouue dauantage,
Car tu es des grands Roys le parangon parfaict.

DV MESME.

QV'admire tu au Roy? toute chose admirable,
Son courage, son cœur, sa Royalle vertu:
Dequoy deuant le Ciel est-il plus estimable?
D'auoir dessous ses pieds les vices abbatu.

DV MESME.

QVi a-il dans le Roy? vne saincte Iustice,
L'amour de ses subjects, la force & la valeur:
Et pourquoy tout cela? pour oster l'iniustice,
Le Ciel nous l'à donné, & chasser le malheur.

DV MESME.

NOstre Roy maintenant à saccagé la teste
Des chasteaux sourcilleux, qui menaçoient le Ciel:
Que doit-on esperer? vne heureuse conqueste,
Qui chassant nos aigreurs, nous remplisse de miel.

DV MESME.

QVi a-il de plus beau qu'vne iuste puissance
D'vn Prince qui les siés veut mettre hors de soucy?
Qui a-il de plus sot qu'vne iniuste deffence?
Le Roy a celle-là, les mutins celle-cy.

DV MESME.

QVe feroit vn Zeuxis, pour peindre le courage
Et les rares vertus d'vn Monarque sans pair?
S'il ne contretiroit sagement ton image,
Il n'en viendroit à bout, ains peindroit dessus l'air.

DV MESME.

QViconque pesera de noſtre heur le preſage,
    Croira que l'Vniuers doit adorer nos Lys,
Voyant que noſtre Roy eſt ſi fort en cet âge,
Et quels ſont les exploits du tres-iuſte L o v y s.

AV MESME.

SIRE, ſoit mal'heureux le mutin qui n'admire
    Ton Celeſte pouuoir, ta iuſtice, & tes loix,
Veu que du Roy des Cieux tu as receu la lyre,
Qui dompte par ſes ſons les pierres & les bois.

AV MESME.

TOus doiuent haut loüer ta Royalle puiſſance,
    En la lice de Mars tu es ceint de lauriers :
Et oſtant aux mutins leurs forts & leur deffence,
Tu fais ſans coup frapper autant que les guerriers.

AV MESME.

IL ne ſe trouue rien, S I R E, plus magnifique,
    Qu'vn Monarque vainqueur couronné de laurier :
Il n'y a rien plus doux qu'vn L o v y s pacifique,
Qu'vn iuſte & puiſſant Roy couronné d'Oliuier.

AV MESME.

QVe peut on maintenant (Louys noſtre grand Prince)
    Trouuer ſur les rempars abbatus, qu'vn Autel
Que Duſault à dreſſé dedans cette Prouince
A l'honneur de ton nom, qui ſera immortel ?

REGI CHRISTIANISSIMO.

De ſuo ad vrbium rebellium muros euertendos miſſo.

EIVSDEM AVTHORIS DISTICHON.

HAc Muſa (Lodoïce potens) hâc vtere dextrâ :
    Hæc faciet quidquid iuſſeris, illa canet.

AD REGIAM MVSAM D. D. I. O. DVSAVLT
arcium rebéllium euerſoris.

IDEM AVTHOR.

SAltane, miror carmen, & manum tuam,
    Ac præſtitam Regi fidem!
Muris Rebelles exuit manus tua ,
    Et Muſa pariter exuit.
Maiórne Muſâ? maior an Muſâ manus?
    Vtrique do victoriam ,
Vtrique palma eſt:differunt illæ tamen,
    Diſcrimine at quanto,vide.
Quæ dextra vertit, feriùs tempus poteſt,
    Caſúſque ad aſtra tollere.
Quæ Muſa vertit, verſa perpetuò manent,
    Nec illa fas eſt erigi.

AD EVNDEM D. D. I. O. DVSAVLT.

IDEM AVTHOR.

REgia dextra tibi, Saltane, & Regia mens eſt,
    Regius es calamo, Regius ingenio.
Eſt tibi quæ vertat Regalis dextera turres ,
    Quæque iterùm vertat, Regia Muſa tibi eſt.

AD EVNDEM.

DIrcæo oppoſitum video conſurgere Vatem:
    Deſtruit hic numeris mœnia,at ille facit.

AD M^rum. PETRVM ALBIRVPÆVM IN
Collegio Burdigalenſi Societatis IESV humaniorum literarum moderatorem in Regias laudes prouocandum & excitandum.

Arcium Rebellium, Rege imperante, euerſor.

IN mediâ rupes flumen produxit eremo
  Arentem ligno percutiente petram.
Quis ſcit an è quercu, aut palmâ, cedro, aut oleaſtro
  facta ferit rupem virga? ſed vnda fluit:
Vnda fluit virgâ rupem feriente: ſed albus
  Nónne lapis? cum albus defluat inde liquor?
Albus & ille liquor, rupes quoque quæ fluit alba,
  Et fas, & verum eſt; credere vtrúmque libet.
Si tunc forté potens fuit vndam expromere Saxo
  Lignea virga, Deo rarificante petram:
Albrupæum hominem, cur non, ſi tangit Oliuæ
  Lignea virga, poteſt reddere mellifluum?
Mellifluus nónne eſt, cuius mel decidit ore?
  Mellifluus? cuius dulcis in ore ſonus?
O quàm melliflua eſt condîta poëſis! & ô quàm
  Dulcifonus! cuius dulcis in ore ſonus!
Saltus amat rupes, Muſǽque in rupibus albis
  Exercent choreas, pulſat Apollo lyram.
Saltanus quidnî Rupem compelleret albam
  In medijs Saltus condere mel loculis?
Sic rupes ligno pulſata in flumina tranſit,
  Sic rupes Saltu concita mella facit:
Sic Rupes expreſſit aquas, Rupéſque ſonora
  Mel dulce expreſſit, ſic fit vtrínque liquor:
Sic liquidas reddit rupes, ſic Saltibus albas,

Iungit, in amplexus Numen vtrúmque pios :
    Arida ſic dat aquas rupes, ſic muta locuta eſt,
      Excitat & rupem Saltus : vtrúmque nouum.
Quiſque ſuum officio certat ſuperare ſodalem;
      Sed qui ſe negat hîc vincere, victor abit.
Sic Saltum Rupes , ſic Rupem Saltus honorat ,
      Sic pius in geminis luſit Amor Genijs.
Regales ſic conueniunt in Lilia plantæ,
      Regis & in laudem Regius vrget amor.
Sic dulce ex forti,ſic manant Rupe liquores,
      Bellæ & fontis aquæ tangit & angit amor.
Sic fons,ſic Saltus,ſic Rupes , Lilia iungunt,
      Regali & nectunt florida ſerta comæ.

DV MESME.

Qviconque a apperceu vne Roche frappée
     D'vn rinceau d'Oliuier ſoudain faire des vers :
Ne doit il pas penſer que maintenant Orphée
Paroiſt reſuſcité pour l'heur de l'Vniuers ?

DV MESME.

Qvi a-il de plus cher à vn valeureux Prince
     Qu'auoir des ſeruiteurs zelez à ſon deſſin ?
Qu'a Duſault de plus cher dedans ceſte prouince,
Qu'obeyr à ſon Roy, & mener tout à fin ?

DV MESME.

Qv'eſt-ce qu'auoir coupé tous les nerfs de la guerre?
     C'eſt auoir des mutins les chaſteaux mis à bas.
Et qu'eſt-ce qu'auoir mis ces chaſteaux ſous la terre?
Auoir la ſedition conduite à ſon treſpas.

DV MESME.

Qv'appellez vous vouloir à ſon Prince complaire ,
     Et rechercher en tout ce qu'il ayme le mieux?
Sinon executer ce qu'il ordonne faire,

En

En mefprifant la dent des hommes enuieux?

AV MESME.

I'Eftime ton efprit, ta main, & ton courage,
   Braue Oliuier, diuin à defendre ton Roy :
Car comment peut-on mieux fauuer fon heritage,
Qu'oftant de fon pays la terreur & l'effroy?

AV MESME.

AVcun de ces chafteaux où ta main & ta Mufe
   Ont pointé leurs efforts, n'eft demeuré debout :
Combien trifte feroit, la troupe qui s'abufe,
Se fiant à fes forts ; fi tu allois par tout?

AV MESME.

POur auoir fi bien faict les pinces de l'enuie
   Ne te manqueront pas, car elle hait la vertu :
Mais ne crains que iamais ta gloire foit rauie,
On ne baftira point ce qui eft abbatu.

AV MESME.

TEs faicts font nompareils, ta volonté plus grande,
   Ton zele enuers ton Roy fans aucun parangon;
Si tu auois vn iour commiffion plus grande,
Les mutins changeroient auffi toft de iargon.

AD EVNDEM ARCIVM REBELLIVM
  euerforem Ioannes Mautas Presbyter Societatis Iefu.

SVmmo affurgebant cœlo, quas, Gallia, turres
   Præcipiti terram lambere mole vides.
Hoftiles latebras, promptúmque Rebellibus orbem
   Alta coronabant mœnia: plana via eft.
Inde tuo Regi texis, Saltane, coronam,
   Cui gemmas mirâ præbuit arte lapis.

Inter congeriem muri se lilia tollunt,
   Hic Saltana etiam stemmata germen habent.
Siue patrocinijs Regalibus ora tonabunt,
   Aut sudat magnis vsibus apta manus:
Regis in obsequium fluis ore, manúque laboras;
   Regia lingua: manus Regia: Regius es:
Purpuream vestem non infecere ruinæ:
   Sed mage puluereis arsit operta globis.
Fama per aggestas nubes tibi claruit: alto
   Saxorum in cumulo se cumulauit honor.
Maxima se iactent alij fecisse deinceps,
   Destruxisse tibi plurima, pluris erit.

AD EVNDEM.

MAgnum erat ingentes Saltano euertere muros,
   Versibus euersos dicere, maius erat.
Qui se Amphionijs didicerunt nectere chordis,
   Saltanâ lapides diffiluere lyrâ.
Vna manus muros excidit, & altera versus
   Condidit: illa manus destruit, ista struit.
Fallor: bina tuo monumenta extruxit honori
   Vna manus, sicque est mixtus honos oneri.
Mixtus honos oneri, lapides dum sternis & ornas:
   Te memorant lapides, carmina te decorant:
Mandat humo muros tua dextera, mandat & æuo:
   De lapidum cumulo sic cumulatur honos.

IN DOMITAM A REGE
Chriſtianiſſimo Rebellionem.

Nvnc pete Tartareas, inſana Rebellio, ſedes,
    Nam ſub Aquitano littore nulla tibi eſt.
Condideras celſas, Regis, tibi, ſumptibus, arces,
    Vnde eieciſti Regia iura foras:
Rex voluit verti:vertit Saltanus in ima:
    I nunc: & Reges, impia, temne ſacros.

Franciſcus Roſſignolius Theologus.

F I N.